文芸社セレクション

ブラックダンス

ナカムラ 道

NAKAMURA DO

文芸社

目次

1970年　菜々子のモラトリアム

ボール箱に入った雑多な書類の中から菜々子はパスポートを拾い上げた。開いてみると、五十年前のセピア色の自分の顔写真が現れた。一九七一年。二十六歳。思っていたより子供っぽい印象で意外である。こんな顔をしていたっけ？　と菜々子はまじまじとそれを見る。もうとっくに失われた〝時の残滓〟を。どことなく鬱した感じがある。安アパートでの一人暮らし。定職無し。ショーダンサーをやめた頃だ。あの葵荘にいた頃。

幾つか移り住んだアパートの中では、あの葵荘にいた期間が一番長かった。荻窪から歩いて十二、三分ほどだったか。あきれるほどお粗末なあのアパート。無法地帯と言ってよかったその一室で二年半ほど暮らした。長屋のようなその空間には掃いても掃いても溜まってくるゴミ埃みたいに、誰かの物語がかわりばんこに吹き寄せられ、どこかに消えて行った。菜々子の隣室には、少年のような顔をしたウキノさんが住んでいた。ひっそりと。ほとんど朝から晩まで。彼のことを思い出すと泣きたくなる。今、生きているかどうか。生きているとは思えない。もし会えたとしても、話すほどのことはないのだが。

その日のことはよく覚えている。アパートに通じる小路へ折れたところで、思いがけずウキノさんがこちらに向かって歩いてくるのが見えたからだ。外で会うのはそれが初めてだった。小柄で華奢な体。格子模様の入った紺色の長袖シャツに、薄地のグレーのヨレッとしたズボンを穿いていた。少年のような小さな青白い顔。風が吹いたら、カサとも言わず吹き払われてしまいそう。

こんな風に正面からウキノさんに会うと、菜々子の胸はおのずと湿ってくる。太陽の直射を、できるものなら受けずに移動して行きたい。薄い影のまんま。体全体がそう言っている。彼は四メートル幅もない道の端っこに沿って歩いてきた。両手には何も持っていない。両腕は体の両脇に律義につけ、まるで道路際から落ちないように警戒しているみたいだ。

菜々子はちらと彼を見たきり、すぐ目をそらせた。ウキノさんは近づいてきた。すれ違う時、彼は慎ましく視線を伏せ、あるかなしかの会釈をした。菜々子も黙って軽く会釈を返したが、つられたようにうつむいてしまう。彼は、小学生が履くような運動靴を履いていた。

菜々子の六畳間の部屋と彼の三畳間を仕切っている壁は、壁とも言えないような薄い板だった。この板壁を挟んでウキノさん側は押入れである。安普請の隙間だらけの造りで、防音にさして役立っているとも思えない。彼の部屋からはコトリとも音がしなかった。小説家志望で地方から上京してきた人だと大家から聞いたことがある。十七歳くらいにしか見えない。まるで三畳間に生えた寂しいキノコのような生活環境だったが、彼の表情に暗さはなく、つるっとした肌には浮世の垢も取りつくシマがないように見えた。

アパートの玄関に足を踏み入れるや、菜々子の気分は一変した。水道が使えなくなって四日目。あの大家、どうしてくれよう？　靴を脱ぎながら、菜々子の胸は又もや怒りでふつふつとたぎり始める。

水が止まった翌朝ドアを開けると、ヒラっと紙片が落ちてきて、その広告用紙の裏に『水は桃色馬穴に入ってます』と、大家の乱暴な鉛筆書きの字で書かれていた。

菜々子は文面を二度ほど見直して了解した。このバケツの水で歯磨き、洗面、調理、洗濯のすべてをまかなわなくてはならない。

ここの住人達はアパートの管理状態について、まるで無関心である。廊下の床に打ちそこなった釘が身を曲げてはみ出していても、誰も抜かない。下駄箱の上の郵便物が何かの拍子に丸ごと三和土に落ちていても、誰も元に戻さない。四日間の水道故障についても誰一人、家賃不払いストを起こす気配もない。

その代わり、俺たちに構ってくれるな、口うるさい母親の真似をしてくれるなと彼らは言うだろう。この一点において、菜々子と彼らのニーズは一致していたようだ。女性の住人は菜々子だけである。

下駄箱の上に無造作に投げ出された郵便物の中に、菜々子は吉良タケルからの封筒を見つけ、バッグに入れた。

階段を上って突き当たりの角部屋がウキノさんの部屋で、隣接したその奥が菜々子の六畳間である。廊下を挟んだ向かいには米国人のショーンの六畳間、その隣が会社員の岡倉さんの四畳半間と続く。ドアが廊下に面した部屋は、この四部屋しかない。岡倉さんの部屋の向かいは炊事場で、流しと狭い調理スペース、二つのガスコンロが置かれたガス台が並んでいる。水道が使えないので、代わりに水と柄杓の入ったプラスチックのバケツが流しの脇に置いてあった。この炊事場の奥には耳の聞こえない青年が一人住んでいるという話だったが、部屋の構造上、菜々子がその青年と顔を合わせる機会はない。

部屋に入ると菜々子はベッドに腰を下ろし、ガーターからストッキングを外すと丁寧に丸めながら脱ぎ、それを伸ばして椅子の背に掛けた。ストッキングは親指の部分が少し伸びているだけで、幸い伝線は入っていない。今日一日の任務がストッキングと共にきれいに抜けたようにスッキリした気分になる。菜々子はパンティストッキングの圧迫感が嫌いで、いまだにガーターを使っているのである。それから下着になった自分の立ち姿を向きを変えながら鏡で点検した。

乳房が小さいのは何とも残念で、それも右の方が左よりやや小さいのが気になるが、これは下着や衣装でカバーできた。腹部はまだ出ておらず、ウエストやヒップラインも弛んでいない。その気になれば、まだ当分はダンサーとして通用するだろう。それでもスカートのウエスト部分は、心持ち以前よりきつくなっていた。ショーダンスをやめて一か月。今は気にする必要もないのに、点検する癖は抜けない。

Tシャツとショートパンツに着替え、窓のカーテンを引くと、菜々子はベッドに横になった。化織の夏掛けを引き寄せ目を閉じると、南側の窓を通して鳩のくぐもった声が聞こえた。断続的に響く生きものの声を聴くうち、菜々子のざわついた気持ちは次第に慰撫されていった。

いつだったか、春先の早朝、思いがけなく鶯の声が耳に飛び込んできたことがある。ハッとして菜々子は耳をそばだてた。その美しい音色は虚空を一気に駆け上がるや、こころゆくまで早朝の澄んだ大気を震わせ、次の瞬間ふいと止んだ。それは三回くり返された。

その時、幻聴かと疑うほどの清澄な音色に身を貫かれ、一瞬、菜々子は自分の身にまつわる一切の重力がすべり落ちていくような恍惚感を覚えたのである。まるで自分が鶯そのものであるような官能の無上の解放感を覚えたのである。同時に奇妙な想念がふいと脳裏に浮かんだ。

（鶯になってどうしていけないわけがあろうか？　私は今、鶯…）

再びまどろみに戻されながら、何かの暗示のようにその言葉が残った。なぜ、そんなことを思ったのかわからない。

菜々子はこの安普請の部屋が気に入っていた。日当たりが良く、立木と空が窓から見渡せたからだ。このアパートで、一番条件の良い角部屋がたまたま空いたのである。南側の窓からは、どっしりした樫の樹が見えた。太い幹から生い茂る枝葉は小鳥の群れが身を潜める格好の場で、彼らは朝な夕なにかしましく囀り、時にはうるさいほどにそれは高まった。

大家の敷地であるその庭は二百坪ほどもあろうか。他に様々な樹木が植わっていたが、伸び放題の枝葉に鋏を入れている形跡はない。木立の向こうに大家の住む平屋の屋根が見えた。

・・

『もうとっくに四週目に入っていると思って指折り数えてみたら、まだ三週目。がっかりしてしまった。再々移動するので、ずいぶん長くいるような気がする』

と吉良の手紙は始まっていた。

『…昼間は気が抜けて困ってしまう。やっと今日、本屋らしいものを見つけた。クロソフスキーのものが欲しいのだが、どこにもない。古本屋で皇帝ネロや山田長政を扱ったノンフィクション集を買った』と続き、締めくくりに『忙しいだろうが、外に出た時、川田しめ子宛に家賃九千円をできたら送ってほしいのだけど。今はあまり飲みたくない気分。おとなしくしている』で終わっていた。

吉良が家賃の立替を頼んできたのは、初めてである。前月に芸能社のアンピルという男にギャラを持ち逃げされ、かなり窮しているようだ。次のギャラが入るにはまだ十日ほどの間がある。菜々子には彼の家賃を立て替えるつもりはない。甘ったれないで、と思った。彼は中野に戸建ての家を格安の家賃で借りていた。菜々子がここに引っ越すと、後を追うように自分も近場に転居してきたのである。

川田しめ子という名前を菜々子はあらためて眺めた。菜々子の周囲にこんな名前の人間は見当たらない。明治、大正時代を生き残ってきた遺物のイメージしか浮かばない。一か月分の家賃が入っても遅れても、彼女の人生に何の変わりがあるだろう。便箋を座卓に放り、菜々子は再びベッドに横になる。

吉良は遠目がきく男で、それが人間であれモノであれ、何かをキャッチするのが速かった。が、目がきいて猜疑心が強い割には、あっさり人に騙されてしまうお調子者の面があり、酒が加わるとこの傾向は尚強まった。落とし穴を仕掛けておくと、真っ先に引っ掛かって落ちるのは、たぶん吉良なのだ。

それに加え、最近は天才舞踊家、ニジンスキーを意識してか、何の影響なのか神がかった言動がちらほら見えてきていた。そしてアルコールを浴びると彼の人格は輪郭を失い、溶けていくらしかった。菜々子は初めてその様子を目にした時、ナメクジ化した吉良に文字通り大量の塩をドサッとかけたい衝動に駆られたものである。

吉良に対する嫌悪感が最近とみに増していたとはいえ、手紙のやりとりは別である。顔を見ないで済むし、物理的に離れているから菜々子に対して手も足も出ない。

時には吉良に対し憐憫に似た感情が胸をよぎった。ショーダンスのペアを解消した結果、彼一人の仕事は減り、条件は悪くなった。それは心身両面で彼の生活を直撃したようである。彼はダンサーとして一年ごとに肉体の衰えが始まる年代に入っていた。当初、二十代後半の仕事の先輩だった吉良は、今や菜々子に執拗に結婚を迫る三十歳の〝災厄の神〟に他ならなかった。

この日、菜々子は新聞の求人欄で見つけたある雑誌社の筆記試験を受けに行ったのである。自分より三歳ほど若い学生達に交じり、出題された作文を書き終えると菜々子はその場をそっと抜け出した。就職する気はない。ショーダンサー以外の世間知らずの期間が終わるにあたり、一種の社会勉強のつもりである。

久々に雲一つない初秋の空は、どこまでも青い靄がかかったように見えた。まだ十一時を過ぎたばかりで、そのままアパートに帰る気がせず、菜々子は駅に着くとジュンに電話を入れた。ジュンへの電話は大家の取次である。大家が「お待ちください」と言ってから結構待たなくてはならない。やがて彼の「もしもし」という声が受話器に響いた。

「ああ、良かった」菜々子の声は弾んだ。

「ジュン君、今空いてる？　良かったら新宿まで出てこない？」

「いいけど、二時からバイトだよ」

「わかった。こないだ行ったあの店で待ってるから出てきて。茶店代は持つから」

「それは自分で払うからいいよ」

「今日は朝っぱらから辛気くさい用事で出てきたの。それと話したいこともあるの」

「いいよ。とにかく俺には気を使わなくていいからね」

「私が来てほしいんだからいいのよ」

　T駅から新宿まで行き、菜々子は駅の東口に出て店に向かった。そこは二人が以前ある劇団の野外公演を観に行った時、待ち合わせた店である。芝居を見た後、ジュンは芝居の内容には触れず、出演した役者Xについて感想を漏らした。

「あのXって役者だけど、あいつ吠えながら出てきただろ。あの時、俺、ホントに気持ち悪くなったんだよ。あいつ、どう見ても普通じゃないぜ」

「そう？　あそこの役者は〝普通〟じゃダメなのよ」

　ごく〝普通〟のジュンが気持ち悪くなったのだから、Xは適役で正解だったと菜々子は思った。

　菜々子の視野にジュンの歩いてくる姿が入ってくる。体の大きいジュンの姿は目につきやすい。黒の丸首シャツにジーパン姿でズックを履いている。どこにでもいそうな学生の一人に見える。彼は菜々子とは学部は違うが、菜々子の後輩に当たる学生で、一浪して最終学年に在学中である。

　ジュンは女好きのする大きな目をしていた。その眼差しには吉良のような鋭さはなく、いつも穏やかだったが、何かの拍子に、その目に物言いたげな不安そうな影がよぎった。自分の将来に確たる目標がまだ持てず、これと言って誇りになるものを獲得した経験もなさそうである。菜々子の周囲にいる自負と野心に溢れたアーティストや、すぐにでも勝負に出たがる自己顕示欲の強い男達に比べたら、格段に影の薄い、ざらにいる若者の一人と言えた。

菜々子は窓越しにジュンに手を振ってみせた。

「コーヒーでいい？」

腰を下ろしたジュンに菜々子は聞く。

「コーヒーをお願いします」

彼はテーブルに寄ってきたウエイトレスの方に注文し、菜々子はミックスサンドとカツサンドを頼んだ。

「さっき、どうしてたの？　勉強？」

ウエイトレスが立ち去ると、菜々子はジュンに聞く。祖母が孫にでも聞くような質問だと思いながら。

「音楽を聴いてた」

「クラシック？」

「そう」

　菜々子の顔を見ないままジュンはシャツの胸ポケットからタバコを取り出し、ジーパンのポケットからライターを取り出した。彼は最近オーディオセットを買ってしまったので、すっからかんの状態で音楽と寝ているのだ。

「私ね、もうショーダンスはやめて日中働こうと思ってるの」

　用件を切り出すように菜々子は言った。

「ああ、そうなんだ」

「それとね、国外をのんびり旅したいと思って。来年あたり」

「……」

「暑い国に行きたい。Tシャツ一枚でいられるじゃない。身も心も軽くしたい。行ったら当分帰ってこないんだ」

「……」

「色々疲れちゃって。気持ちをリセットしてきたいのよ」

「ああ、そう」

「ねえ、私が旅行に出たら、少しは寂しくなりそう？」

菜々子はジュンを見たが、彼はうつむいて黙っている。

「何でそんなこと聞くの？」

ややあって灰皿にタバコの灰を落とすと、顔を上げないままジュンは言った。

「あら、ちょっと聞いてみたかっただけよ」

菜々子は窓外に目を転じた。

「私ね、ダンスはやめようと思ってるの。クリエイティブなダンスの方よ」


菜々子はジュンの方を見やったが、ウエイトレスがコーヒーを運んできたので口をつぐんだ。ジュンはコーヒーに砂糖を入れ、スプーンでゆっくりかき回している。何か考えている風だが、たぶん何も考えていない。ジュンはぼんやりしている。菜々子はそう思っている。ぼんやりした年下の相手が気楽なので、菜々子はいつも勝手に喋っている。彼が何を考えようと考えまいと、話を聞いてくれればよかった。

「何をやっていてもスランプの時ってあると思うけどな」ややあって、ジュンは意外にもおじさん風にソフトに言った。

「少し時間を置いて、また考えてもいいんじゃないの」

　菜々子は窓枠に肘を突いたまま外を眺めている。

「また、やる気が出てくるかも知れないし」

「……」

　菜々子は、吉良のことを思い浮かべていた。吉良はもう撤退不能である。踊る以外に道はない。就職せずにやってきた三十歳のダンサーである。吉良にはこんな話はできないし、話す気もない。自分にしか興味がない男なので、他人の悩みは寝言と同じなのである。

「踊ってないと生きてる気がしない。そうなりたいんだけど。最近、先生の踊りを見た時、折れちゃったのよ」

　自分の問題なのにジュンに言ってどうなる。菜々子はそう思いつつ、気が弛んだせいか口も弛んでくる。

「先生って、幾つくらいの人？」

「六十歳くらいかな」

「六十歳？」　ジュンは驚いたようである。

「神原さん、まだ六十歳になってないよね」

「フフフ、まだよ」

「大丈夫だよ」　ジュンは落ち着き払って言う。

「六十歳まで頑張ったら、神原さんも踊りがうまくなると思うよ」

菜々子は一瞬、虚を突かれてジュンの顔を見た。

「そうね……六十歳まで頑張って結論出すかなア」

ジュンは笑い出した。


菜々子は気が抜けて話を打ち切った。他人に話すとこんなものだが、気が軽くなったことは確かである。ウエイトレスがサンドウイッチを運んできた。

「ねえ、食べようよ」

菜々子はミックスサンドを皿から取り、カツサンドの方をジュンに回した。空腹だった。サンドウイッチの新鮮なレタスもチーズもハムも美味かった。

「そう言えば、来月、中野の方でちょっとした集まりがあるんだわ」　サンドウイッチの残り半分を手にして菜々子は言い出した。

「でも私、あまり行きたくないの。ダンス関係の男ばっかりなんだもの」

「行かなければいいいじゃない」

ジュンはカッサンドに気を取られ、口をモグモグさせている。

「そうもいかないのよ。ジュン君が一緒だと、助かるんだけど」

「俺は行かない。そんな所、嫌だよ」

ジュンはグラスの水をごくりと飲んできっぱり言う。

「そんな所って、別にお化けなんか出てこないわよ。こないだの芝居に出た犬みたいな人は来ないし、皆いい人達よ。行けばビールやちょっとした軽食も出るし」

「……」

「行って三十分もしたら切り上げて、どこか別の場所に移動してもいいじゃない？」

菜々子はジュンの様子をうかがいながら言う。そこはたぶん、ラム街と同じくらい目を閉じて擦過したくなる場所だった。

ジュンはカッサンドを食べ終わり、残ったコーヒーを一口飲んだ。それから又タバコを取り出し、火をつけている。菜々子の誘いをこれで却下したつもりらしい。菜々子は手を伸ばしてジュンの右手からタバコを取り上げ、「けむい！」と吸い差しを灰皿でもみ消した。そしてすばやくジュンの右手に自分の左手を重ねた。

「来てくれる？」

「わかったよ」

ジュンは横を向いたまま言った。

ジュンに対して幾分やましい気持ちがなくはないが、彼は格好のボディガードになってくれるだろう。体が大きいだけでなく、高校時代に柔道をやっていたので用心棒としては打ってつけである。吉良がたとえ菜々子の新しい相棒を見て嫉妬しても、今度は手出しができないだろうと思っている。三度目の別れ話を持ちだした時の吉良の反応には、予測できないものがあった。

・・・・・・・・・・・・・・・・・・・・・・・・・・・・・・・

夕食のカレーを作っていると、ドアが開き、ショーンが顔を覗かせた。上着のポケットに両手を突っ込んだ格好でゆっくり近づいてくる。何か言いたそうな顔をしている。

「どうしたの？　何かあったの？」

菜々子は、傍らに来た彼を見上げた。癖なのか、ショーンの大きな両目が菜々子をじーっと観察するように上から覗き込んでいる。それが彼を年寄りくさく見せていた。おじいさんみたいに見ないでと言いたくなる。

「さっき階下で喧嘩があったんだ」

「あら、そうなの」

男二人のもの凄い喧嘩だったと言う。菜々子が帰宅する一時間ほど前だったらしい。

「二人共、ボクサーなんだよ」

そう言って、ショーンはボクサーの真似をして両の拳を振ってみせた。彼がそんなことまで知っていることに菜々子は驚いた。菜々子は彼らの職業はおろか、顔さえろくに知らないのである。そしてふと玄関口についていた蛇口の下の白い手水鉢がなくなっていたことを思い出した。朝は確かにあったのだ。それはきれいに除去されたのではなく、根元の辺りが折れた感じだった。喧嘩の最中、相手の腹を狙ったボディブローが外れ、古い手水鉢を〝ぶちのめした〟のだろうか？

二人がボクサー志望の卵なのか、ランクの低い下っ端のボクサーなのか、菜々子には知る由もないが、稼ぐボクサーなら、間違ってもこのアパートは選ばない。ショーンはその時の興奮がまださめない様子である。

「それで、あなた、どうしてたの？　ここから、ただ眺めていたの？」

「Well, Yes」ショーンは言い澱む。

「どっちかがヘルプを求めたら出て行くつもりだったんだ」

ショーンはポケットから両手をサッと出し、空手の型をポーズしてみせた。幼稚な男に見えた。菜々子は気になっていたことを思い出した。

「ところで、あなた、部屋で空手の練習をしてたんですって？　ミセス・アオイがこぼしてたわよ。柱がダメージを受けて困るって」

「空手の練習なんかしてないよ」

「でも、彼女はそう言ってたわよ。階下の部屋が大揺れだったって」

「ノー、やってない！　練習じゃないよ。ナナコ、ユミを知ってるよね？」

「知らない。誰、その人？」

「僕のガールフレンドのユミだよ」

そんなの知るわけないでしょ、と思ったが黙っていた。彼の部屋は女性の出入りが多い。その一々をチェックするほど菜々子はヒマ人ではない。が、これまでのところ、日本人女性を見かけたことは一度もなかった。

「僕はユミに頭にきてたんだ。それで柱をユミに見立てて空手を使ったんだよ」

彼はそう言うと、「ユミ！　エーィ！」と、ユミ柱に空手と足の蹴りを入れてみせる。

「わかりました」

「ナナコ、〝シンジュウ〟って知ってる？」

「もちろん」

「ユミは僕に〝シンジュウ〟を迫ってきたんだ」

「エッ!?」

「ショーン、私と一緒に死んで、ねえ、お願い！って、こうだぜ」

彼はその時の様子を、女の声音を使いながらやってみせる。

「やめて。で、彼女に何て言ったの？」

「『ノー』」

ショーンは陰気に言った。

「ハハハ、そりゃノーだわ」

すると、突然彼は怒りだした。

「僕はユミとなんか死にたくない！　何で僕が死ななくちゃならないんだ！」

「私に怒鳴らないで」　菜々子は片手を挙げてショーンを制した。

「確かに冗談きついわよ、そのユミって」と菜々子はショーンの肩を持つ。

「でも、その話、又にしてくれる？　私、お腹がぺこぺこなの」

「ああ、悪かったね。……ナナコ、僕の料理した玄米を食べてみる？」

「あら！　もちろんよ！」

菜々子はニッコリして言う。普段はほとんど見せない満面の笑みである。料理されたものを貰うと菜々子は人一倍嬉しいのである。料理が面倒で好きではないからだ。玄米には大豆や隠元、ニンジン等が炊き込まれ、味つけもよくできていた。菜々子は初めは玄米とカレーを別々に食べていたが、途中から玄米にカレーをかけ、ぜんぶ平らげた。

手紙の中の吉良

手紙の中の吉良は素面で、沈うつである。孤独感がアルコール入りの大言壮語や昂揚感を引きはがし、彼を素裸に返してしまう。北海道に行く前から既に気持ちが負けていたのだ。

スケジュールが一か月間隙間なく埋まった時点で、彼の気持ちは沈み始める。それが更に二か月に延びると、刑が確定したかのように言葉が消える。もう後には引けないから、ついでにと欲が出て更に一週間分を追加する。頭はせわしく計算している。アンピルに丸ごと騙された分、丸ごと取り戻そうという気だ。

吉良の顔面に描かれた〝カネ〟のメッセージ。芸能社の方はそれを読み取る。そうか。で、一気に三か月分のスケジュールを入れてしまう。

加えて一人の若いダンサーの死が、彼の心に影を落としていた。

Yは、実直な好青年だった。地方のキャバレーで起きた夜の火災。ショーで使う松明がステージ脇の幕に触れた。ガソリンを呑んだ火は、あっという間に幕を上り天井に届いた。すぐに逃げるべきだった。Yは炎を上げる幕に飛びつき、火を消し止めようとした。

額縁に収められたありし日が、吉良の足下の波打ち際に打ち上げられる。砂上の海藻のように動かない彼。若者はポロっと命を落としてしまう。この地上にバラまかれた無数の不運を、地雷を踏んでしまう。孵化するはずだった。孵化しなかったYの面影。それが吉良を狂おしくさせたようだ。彼が死んで、自分は今生きているということが。

『……願望と悲痛は、諸々の歴史に有形化している。が、その器や姿態に隠れたカオスの肉体は見えない。それを可視的に有形化する作業を、僕はアルチザンとしてやってきた。……苦行の中には時間をすりつぶす毒があって、それが生命に大いに関係があるものだと思う。体が疲れてグタグタになる時がある。今、今だ！と体が叫ぶ瞬間がある。今！　…だが、ここでは体の中から何かがごっそりやられて持っていかれてしまう……』

ほとんど一日の休みもなく続くショーステージの仕事に、承知していたことなのに、彼の不安と疲労に焦燥感が重なっていくようだった。
『なぜ北海道に長く来ているのか？　少しばかり金の苦労をしたからか？　金が欲しいからなのか？　今は、そのどちらでもない。やはり、リサイタルでやりがいのある踊りを作る為、と言えば一応満足したところだが。食うための労働はごめんだ。それが一番当たっていると思う。ショーで稼ぐことが、いかに害の大きいものか。結論としては、とにかく一刻も早くやめてしまうことだ……』

菜々子には、ショーの仕事に関する彼の愚痴に取り合う気はなかった。この前も〝カネ〟に引きずられ、見境もなくアンピルの話に飛びついて騙されたのに、今度また〝カネ〟に鼻面を取られ、北海の岸壁まで飛んで行ったのだ。休みなしの三か月は長すぎる。菜々子から見れば、彼の悲観の第一理由はわかりきっていた。

以前、印刷所で働いていた頃、彼の魂は日々「瀕死の白鳥」を舞っていた。彼はカスになって、そこをやめた。自分にとってここ一番の仕事をしたい。その願望が北海道に来て以来、これまでになく強く彼の心に食い入ってきたようだ。

それにしても、「食うための労働はごめんだ」と言いながら、ショーダンスも有害で一刻も早くやめたいとなると、一体どうやって生きていくつもりなのか、吉良の言っていることは筋が通らないのだが、菜々子はそれほど彼の言っていることを深刻には取っていない。〝今の状態〟が心身にこたえているのだ。

〝食うために働きたくはない〟ので、彼は実際あまり食べたがらない。食べれば、それだけ働かなくてはならないからバカらしいという考えである。菜々子は彼の生き方をとやかく言うつもりはないが、彼にしがみつかれるのはゴメンである。

人の思いも希望も涙も、寄り添ってみれば唯一無二の光を帯びて我々の心を捉える。が、三メートルも離れてみればどれも似たり寄ったりに見えてくる。明後日になれば、その辺のドブを流れていたりする。それでも自分の夢提灯くらいは皆持つものだし、提灯が点いている限り、発狂などしない。たぶん。

吉良の〝価値ある目標〟に比べれば、そのずっと下方の地面と地下を這うミミズの夢と喜び。それしか持たない者は、それしかないか、又はそれが心から好きなのである。

「日曜日になると」と、いつだったかショーンが話しかけてきたことがあった。

「世界中の音楽が始まるね。あっちでジャズ、こっちでクラシック、ジャパニーズの民謡、ポップス、ハーモニカ、マジで笑えてくるよ！」

ミミズの日曜コンサート…ポロン、ポロン、ピー、ヒューヒュル、ベベン、ベン、カン、キューン、コン、ラララ、アーエーエ！　アー　Oh　my　ユリー！　…

葵荘がどんなに騒がしかろうと、ショーンは毎日十九時になると目を閉じ、三分間の黙想に入る。ロンドンにいる彼女に向けて「愛してる」のメッセージと、この愛に変わりがないことを告げるのだ。むろん、彼女の方も同じメッセージを同時刻にショーンに送ってくる。二人の神聖な三分間儀式は、一日として欠けることはない。しかし、夜になると彼はガールフレンドと寝る。それとこれは別問題らしかった。

『生きていてくだらないから踊る』と前週の手紙に書いてきた吉良は傲慢で淋しげである。〝瀕死の白鳥〟になるような生活相撲で、負け越した三十歳の幕下みたいである。人間社会への異議申し立てと言うより、呪詛に近い感じがあった。

彼は寂しい。きっと所有物が少ないせいだ。しかも持ち物の中で一番手近な所有物と見えた菜々子が、彼から逃げようとしている。彼の唯一の神聖な所有物は、彼の肉体である。そしてこの世で何より誰よりも一番〝かわいい〟のは、彼自身である。

『僕は、やっぱり自分が一番かわいい』

彼は手紙に臆面もなく書いてきた。そこは正直である。結婚したいと思っている相手によくこんな風に書けるものだと、菜々子は彼の正直さに感心した。何があっても彼は生きのびていくだろう。もし、ここの住人たちが彼の踊りを見たら、何を感じるだろう？　と菜々子は思った。そして、ショーンは？

風神

江戸期の画家、曾我蕭白の絵の中に〝走る男〟を描いたものがある。「風神」というタイトルだったか。実に意味深な絵だった。ボストン美術館所蔵の蕭白作品展でその絵を見た時、菜々子はハッとして思わずその絵の前に立ち止まった。画面に描かれていたのは、日も落ちた山間の淋しい一本道を走って行く一人の男の姿である。

キモノの前をはだけ一散に走りながら、男はなぜか首を捩じり何かを確かめるかのように後方を振り返っている。その視線のずっと先には、彼がつい先刻までそこに居たらしい小さな部落が見える。ギロッと剝いた両の目、濃い眉、角ばった顎、風に煽られなびく長髪。

男は、あの〝教祖〟にそっくりだった。不敵な面貌も、風のように逃げ去って行く様子も、〝教祖〟を描いたのかと疑うほどである。そして息を切らしながらこの男は、実は哄笑しているのかも知れなかった。

彼はなぜ走るのか？　村の掟を破り、禁断の実を盗んだためなのか？　追われているのか？　それとも自ら村里を捨てて風になることを選んだのか？
それは、江戸期の東北の寒村に〝教祖〟の肉体と魂の原型を持つ男が実在していたのではないかと思わせるような絵だった。

菜々子が都内で初めて〝教祖〟H氏の舞台を見た時の印象は強烈だった。ステージは二手に分かれた客席に挟まれる格好で中央に設置され、踊り手は男達だけである。それは今まで見たことがないような荒々しく、攻撃的な男性のエロスの世界だった。虚構の世界に日常が土足で飛び込んでくる具合で、見る者に絶え間なく緊張を強いてくる。数人のダンサーたちの筋骨が生々しく畳の上を転がり、のたうつ。

女性の出演者は、ステージ端に座って三味線を弾く老女だけである。三味線は時折、思い出したようにかぼそい音を鳴らし、老女は場違いにも置き忘れられた物品のようにそこに座っていた。入り乱れる足音と共に、白塗りで個を消した男達が目まぐるしく入り乱れ、一人が別の踊り手の体を見世物じみたやり方で持ち上げる。

「おまえら、何やってる！　生きるか死ぬか、命がけだぞ！」

突然、怒声が飛んだ。声の方を見ると、髪を短く刈り込んだ精悍な顔つきの男が立っていた。薄地の白っぽいキモノを着ている。ダンサー達に喝を入れた模様である。この人が親分？　菜々子は思った。

男はやがてステージ中央に出てきたが、力士が四股を踏むように両足を大きく開き、キモノの前をパッと開けて見せた。股間に液体入りのビニール袋がぶら下がっていた。細紐を腰に回して吊しているのだ。袋は滑稽にもグロテスクな姿をさらしながら揺れていた。男は前屈みになり、それを両手で絞り込んだ。袋は破れ、液体が飛び出す。

菜々子はこうした舞台を見ながら不思議な思いに打たれていた。なぜ男ばかりなのだろう？　このわけのわからない秘密結社めいた男集団は、どうしてこんなに荒々しいのか？　彼らは明らかに既成の舞踊界に〝殴り込み〟をかける一団だった。

キモノ姿の男には殺気のようなものが感じられ、匕首を懐に忍ばせているような怖さがあった。その舞台は、彼らの体の内奥から暴発する何かによって、女人禁制の幕内で行われる儀式を思わせた。（当時彼は短髪だったが）曾我蕭白の〝走る男〟が舞台に現れた感があった。

菜々子はまだ大学に入学したばかりで、その男がこの只ならぬ舞踏劇の作者らしいことは察しがついたけれど、それ以上のことは何もわからない。予備知識もなかった。ましてその後、この〝教祖〟を通して自分がショーダンスをやるようになるとは夢にも思っていなかった。この〝教祖〟の稽古場に出入りしているダンサー達の中に吉良がいた。

その日、菜々子が目にしたのは〝音楽に合わせて踊る〟西欧のダンスの概念を覆し、荒々しく男性愛を開示するブラックワールドであり、同時に、この上もなく〝日本〟を突きつけてくる劇空間であった。現代を生きる男達が、裸形の肉体と共に日本の土壌が育んだ情念をぶちまける〝劇薬ダンス〟だったのである。

この後、菜々子が知ることになった舞踊家O師の抒情的なダンス世界とは、まったく対極的な世界だったにもかかわらず、二人は新時代のダンス界で盟友とも言うべき関係に入ったのである。

時代は急上昇の気流に乗ってマネーアドバルーンを飛ばし、〝産めよ殖やせよ〟の高度成長期に入っていた。

「東京広しと言えども、こんな面白い舞台は他にないね」

と作家M氏に言わしめた舞台を、菜々子は見ていないが、教祖は作家M氏の書いた小説と同名の、同性愛の世界を衝撃的な手法で舞台化していた。

片や、日米新安保条約に反対する学生運動は全国規模で激しさを増し、その模様がTVのブラウン管を通して茶の間にも届いていた頃である。

高校生になった菜々子はクニ舞踊団に通っていたが、公演に参加していた折、団員の一人が、

「先生、例の人、また来てましたよ。あの人、どういう人なんですか？」と彼に聞いているのを楽屋で耳にした。

「ああ、あれは文学青年だ」

とクニ氏はあっさり答えた。文学青年こと教祖は客席で「ブラボー！」と熱狂的に叫び、人目を引いていたのである。

・・・・・・・・・・・・・・・・・・・・・・・・・

巡る季節に同じ顔の我々はいない。春はその都度かがやき、明日とその先を完封し

たまま菜々子に〝今〟を生きるよう仕組んでいたかのようだった。菜々子は大学に在学中に父親を嫌って実家を出てしまった。教祖を通して、三人グループのショーダンスの仕事を与えられ、生活費を稼ぐことができたからである。

グループの一人、アキは菜々子と年齢がほぼ同じで舞踏家を目指しており、性格も穏やかだったので、菜々子に不安はなかった。吉良とアキの男二人に支えられた夜の仕事の側ら、日中は大学に行き、単位を取るためにそこそこに授業に出ては出席日数を稼ぐと言った風である。

およそ勉強している内にも入らない有様だったが、卒業だけはしておくつもりでいた。こうして親の心配をよそに菜々子の一人暮らしは順調に始まったのだが、生活環境は次第に変化していった。

やがてグループからアキが離れ、仕事は他のダンサー達との数人構成のグループに変わった。この業界について何の知識もない菜々子は、教祖や吉良に言われるままに仕事を続けたが、グループがある日とつぜん吉良とのペアに変わったのである。以来、何かにつけ支配的な吉良の先導のもとに、菜々子の生活状況も精神状態も不安定で望ましからぬものへと急変していった。

原野に一匹

吉良の手紙は、二、三日置きに届いた。それは北海道に〝飛ばされてしまった〟吉良が生きている証拠品のように、定期的に葵荘の下駄箱の上に届くのである。

『……客に誘われて、店が終わってから一緒に飲みに出た。荒くれているが、気のいい連中だ。朝まで飲めや歌えの大騒ぎだった。ここの夜明けの海を菜々子に見せてやりたかったよ。……………………

体の中に一切がある。肉体。ここに僕はどこまでも降りてやる。僕は男でも女でもない。欲しいのは体系じゃない。火をかっさらうこと。かりそめの花の下に潜む実を取ることだ。

君の言う通り、今は僕にとってむしろ良い期間かも知れない。色々、準備しているつもりだ。頭の中の見取り図はできているんだよ。

そう言えば、ここに来る車中の窓から狐を見た。何にもない原野に一匹ひょっこりこっちを見ている。孤独そうに目を光らせていた。確かに狐だ。……』

手紙の末尾には、『金の方は大丈夫なのか。必要なら都合するからそう言ってほしい』と珍しく書き添えられていた。菜々子は読み終わると、すぐ返事を書いた。お金の心配は要らない。昼の仕事を始めている。そう書きながらも、自分の中に口を開けた矛盾を思わずにはいられなかった。

今は吉良を手紙で励まし、仕事が終わるまで持ちこたえさせるべきだとは思っている。彼が自分の心情を手紙に託せる相手は、今、菜々子の他にはいないからだ。が、〝友好関係〟は今だけである。彼が帰京すれば、又すぐに喧嘩が始まるだろう。顔を合わせるや互いに苛々し始め、じき険悪な空気が流れ始める。

菜々子は踊る者の心底から湧き上がる思いがわからないわけではない。そして、その言葉の中には（皮肉なことに）菜々子にとっての真実も含まれていた。菜々子にとって吉良は〝男でも女でもない〟し、共に暮らしたい相手でもない。彼は〝踊る男〟だった。吉良が孤独の中で独善に生きる他なくなっているように映り、それが菜々子を改めて不安にさせた。いつになったら彼は、自分の現実から出発するつもりなのだろう?

湯を沸かそうと、やかんを片手に部屋を出ると、ウキノさんが入れ違いにすっと自室に入っていく。コンロには鍋がかけられ、大きな魚の頭が浮いた雑炊が煮えていた。空いている方のコンロに菜々子はやかんをかけた。すぐに沸くだろうが、ウキノさんがその間に鍋を取りにくるかも知れないので、一旦部屋に戻って待つことにした。雑炊はじき出来上がりそうに見えたのだ。

頃合いを見てポットを手に炊事場に出てみると、鍋はすでになく、やかんの下の火は止めてあった。沸騰していたらしい。菜々子はやかんの湯をポットに注ぎ始めた。

階下からミシミシと音がして、ショーンの頭が見えた。勤めを終え、左手に靴を持ち階段を上ってくる。彼は靴を下駄箱には置かず、その都度自室に持ち運ぶ。誰かが盗るかもしれないので用心している。菜々子の顔を見ると珍しくニコッと笑顔を見せ、炊事場の前で足を止めた。

「どうしたの?　何かいいことがあったの?」

菜々子はちらと彼の顔を見ながら言う。ショーンはこんな時はいつもよりずっと若返って、ほとんど青年にさえ見える。根は人懐っこい人なのかもしれない。

ショーンは照れくさそうに頷いた。英国からガールフレンドのシンシアがやって来て、ここに十日ほど滞在する予定だと言う。

「それは楽しみね」

「なに、もう三十歳のバアさんだよ。見ればわかるさ。テレビ局で働いてる女なんだ」

「ケイトはそれを承知してるの?」

菜々子はアパートの裏手の部屋を借りているショーンの第一のガールフレンド、ケイトのことが気になった。

「むろん知ってるよ。彼女たちは向こうにいる時から友達同士さ。ケイトは我々の関係をわかっている。ジェラシーは起こさない」ショーンは自信ありげに答える。

「最近は日中働いてるのかい?」

「そう、始めたところよ」

「僕もここに来るまではロンドンで毎日、朝の九時から六時まで設計の仕事をやっていたんだ。そこで五年間働いて金を貯めた」

「座りっぱなしの仕事って、結構ハードじゃない?」

「なに、楽な仕事だよ。机の下にウイスキーの瓶を隠して、時々ひっかけながらやってたのさ」

「ほんと？　ボスによくバレなかったわね」

「彼は知ってたよ。でも何も言わなかった」ショーンは鼻で笑う。

「ところで、トシを聞いてもいいかい？」

「二十五歳」

「本当かい？」

「本当よ。あなたはいくつ？」

「三十二歳。英国にガールフレンドと二歳の娘がいる。仕事が落ち着いたら日本に二人を呼ぶつもりなんだ」

「あら、それは待ち遠しいこと！」

「うん、でも、怖いな」ショーンは肩をすくめた。

「シンシアが来たらパーティーをやるから、僕の部屋に来ない？」

「ありがとう。友達のシマを連れてきていい？」

「もちろんさ」

漬物石の下では

『北海の果てに白い海鳥の群れが鳴き喚き、ふいと静まる。動くものは、猛々しい真っ青な海だけだ。それを見ている自分が眩んできて、もう何十年も前からここに石になっていた気がする。

よく何かが幻想的だと言う。幻想は漠としたものなんかじゃない。あんまりはっきりしていて非現実に思えてくるんだ。鳥も海も僕も。頭にある幻想よりも、もっと強烈な永劫が吹いてきて、もう抜け出られなくなってしまう。

菜々子、どうあがいても何千年、何万年、一ミリだに動かぬ歴史の進化というものを考えたことある？　それから捏造という事。

・・・・・・・・・・・・・・・・・・・・・・・・

傍に十歳ばかりの坊主がいる。ひしゃげたような頭をした痩せこけたガキだ。目に光がない。僕はこいつに案内されて、二時間がかりでここに来た。腹が減っているらしく、持ってきた握り飯を食いたくてうずうずしている。それをやったら飛びついて貪り食った。食い終わったら、うずくまってポカンとしている。
生まれてきて、何にも良いことがない。こういう奴は、いっそ生まれてこなかった方が良かったのだ…』

菜々子は手紙を畳んだ。北海の果て、陸の突端にポツンと来てしまった吉良の姿が目に浮かんでくる。
目に光がなかろうと頭がひしゃげていようと、菜々子は子供がかわいい。案内役の子を「いっそ生まれてこなければ良かった」とは何さ。そう思ってしまう吉良の弱くねじれた気持ちを見せられている気がした。漬物石の下で潰れている小茄子の吉良。酸っぱい敗北意識。もぎたての茄子だったのに。

一ミリも進化していないのは、彼の生活状況と性格に思えた。彼の攻撃性と怨恨癖。社会が、制度が、権力が憎い。悲観と怨恨の虫にかじられ、彼の穴だらけの胸はヒュウヒュウ寂しい音を立てる。吉良は泥棒作家、ジャン・ジュネの世界に惹かれているようだった。菜々子の知らない暗黒世界に。丸裸の不幸に着せかけた同性愛のコスチュームと捏造されたロマンに…自分を重ねているのだろうか？

菜々子にはこうした疑念について彼と話す気はまったくない。彼はダンサーであって文学青年ではない。ダンスの振りつけをする年長の〝おじさん〟に近かった。その〝心境〟を、今頃手紙を通して知らされるとは。それに、当初、菜々子は吉良を厚かましくて下品な男と感じてはいても、一種の危険人物とまでは思っていなかった。

ある日、彼は自分が部屋を借りている大家の貸間が一室空いて、格安だから借りたらどうかと菜々子に薦めてきた。部屋代を聞くとなるほど格安な上、礼金敷金無しで日当たりの良い二階部屋だという。その時は吉良の部屋と同じ棟であることに抵抗があり、生返事で終わった。

その後彼は再びその話を持ち出し、家主が学生向けに大学の掲示板に広告を出すと言っている。あんな好条件の部屋はなかなかないからすぐ借り手がつくと思う。決めるなら今の内だと言ってきた。

菜々子が借りているアパートの部屋は日当たりが悪い上、詮索好きな家主夫婦を菜々子が嫌がっていることを彼は知っていた。吉良にそう言われると、菜々子は押されるように気が動き、それでは近々家主に会って一度話をと言うと、

「ナニ、俺から話しておくよ。会えばわかるけど、良心的ですごく気のいい婆さんでさ。うるさいことなんか何も言わない人だよ」と言う。それで菜々子はすっかりその気になり、善は急げとばかり諸事を彼に任せた。

引っ越し当日、到着した軽トラックから菜々子が降りると、吉良があたふたとやって来た。

「実は困った事が起きた。部屋が空かないことになったんだって」

「エーッ!?」菜々子は呆気に取られ、吉良の顔を見つめた。

「それ、どういうこと？……何で先に言ってくれなかったの？」

「今日になって言われたんだよ」

菜々子は吉良に騙されたことにやっと気づいた。運送屋はトラックの荷台から家具を下ろし始めていた。吉良の部屋に一旦荷を入れるしかない。

菜々子は無言のまま吉良を睨みつけていた。金属バットがあったら、それで頭をガンとやってやりたかった。（どうしてくれよう？　この男）

「部屋をタンスと本箱とカーテンで仕切るからね！」

菜々子は吉良を睨みつけながら言った。災難の始まりだった。

吉良の信じられないような側面が現れた日だった。彼はその日、菜々子の身の置き場もないようなせせこましい〝新居〟で、菜々子に「結婚してもらえないかしら」と言ったのである。菜々子はこの妄言にぎょっとしたが、平静に「結婚する気はありません」と答えた。この世にこういう男が存在していたとは。親にはむろん、誰にものとんでもない顚末を絶対知られたくなかった。黙って切り抜けるしかない。

数日後、教祖の稽古場に行くと、教祖が険しい表情で近づいて来る。

「菜々ちゃん、あんた、何だって吉良となんか結婚するんだよ?!」

いきなりそう言って詰め寄ってくる。菜々子はとっさにどう言っていいかわからず、教祖の顔をぼやっと見た。そんなこと言ってません、私は彼に騙されたんです、などと言ったところでムダだった。

「あんたね、もう少し、しっかりしなさいよ。よりによって何で吉良と一緒になるのよ！」

教祖は本気で怒っていた。菜々子はバカバカしさと恥ずかしさのあまり何も言えず、うなだれた。何と言いわけしようと、菜々子は現に吉良の部屋に〝引っ越してきた〟

のである。うかうかと引っかかった自分がただ情けなかった。

　教祖の非難に対し、菜々子は最後まで口を閉ざしていた。そしてこの時、教祖が吉良という人物をどう見ていたのかを知ったのである。この後、菜々子は葵荘を最後に転居を三回くり返すことになった。吉良が菜々子の転居する先々に押しかけてきてはトラブルを起こし、家主に部屋を追い出されたからである。

教祖

何かしら狂おしい、悲劇的な要素が踊る彼らの中に感じられた。菜々子の師であるO師を始め、教祖や吉良、アキにもそれは共通していた。ダンサーとは本質的に唖者である。言葉より先に肉体が声を発している人間である。

「サルトルというのは、俺達とは頭脳構造が違うんじゃないか？」

ある日、教祖はまじめな顔でいかにも素朴な問いを口にした。自分の胸に生じた思いを誰かに言わずにはいられなくなった風である。

菜々子は、「だと思います」と言いたかったが、自分よりずっと年長の相手を前にして言い難かった。土台からして日本の舞踏家と西欧の代表的知識人の一人であるサルトルとの比較はムチャだし、教祖がそんな風にシンプルに言ってしまっていいのかしらという思いがあった。

彼は当時、サルトルの長大な評論、「殉教と反抗」を読んでいたようである。作家ジュネに関するもので、彼はジュネの小説に題材を取った作品を作り、O師がその主人公役を演じ踊ったのである。極東の島国、日本を圧倒する西欧文化と歴史の重み、そのスケールと華麗さが、改めて彼の胸に迫ってきたようであった。

「俺は以前さ、ヒトラーユーゲントの奴らが行進してるのを見た時にだよ、あの金髪と白い肌に制服の長い足だろ、正直言って勝てないと思ったね」

続けて教祖が思いを吐露した時、菜々子は更に戸惑いを覚えた。彼の美意識がそう言わせていることに驚いたのである。

長身で白い肌の若きナチス親衛隊が運んできた西欧文化の香りと、彼らの肉体。教祖が生まれ育った世界と、それは何と似ても似つかぬ世界であったことか！

真似などしても追いつかない。昭和の一桁時代に彼は東北地方に生まれた。O脚に短足、平べったい顔と頭蓋、飢えれば娘を身売りさせる貧しさを肌で感じるような環境で育ったようだ。生まれや骨格は変えようがない。

だが、変える必要がどこにあるのだろう？　己の出生と肉体こそ、他ならぬ己自身であり、これを貶めてどんな生きようがある？　自分は東北の地に生まれた日本人である。メッキなんぞしたってすぐに地が顔を出してしまう。泥にまみれた己の純金は、己の中から掘り起こす！
まさに、人は劣等感を逆手に取って勝負に挑むものである。彼の中でコペルニクス的転換が行われる。

彼の舞踏は、観客の嘲笑と黙殺のライトを浴びて退却するか、「あいつらを震えさせるか」のどちらかであった。美の居場所もない野戦舞台なのだ。本物の血が滴る歪んだ時空間を、行儀の良い観客のこぎれいな鼻先に突きつける。最後まで辛抱して待っていても、ここには一切れの甘い夢の名残も、美貌の女神の白い脛も、今際のアリアのビブラートも、眩しい男神の誘惑も、安眠へと誘導してくれる永遠の愛のかけらも出てこない！　嘘だろう？　何だ、これは!?

静止画の画布を突き破って、五本指や舌先がヌッと出てきたようなものである。客の声にならぬ怒号が飛んでくることは十分予想できたし、また教祖が自分の才能に自信を持っていたにせよ、後ろがない崖っぷちにいたことは容易に想像がつく。当時、

〝反芸術〟を標榜する前衛芸術家達の中でも、舞踏家とダンスのジャンルは、いわばマイナーの立ち位置にあったのである。

　こうした状況は徐々にわかってきたことで、菜々子は当初、教祖H氏とは仕事以外で口をきくことはめったになかった。どことなく怖く、老人でもない年長の人物に男臭さも感じていた。

・・・・・・・・・・・・・・・・・・・・

　夏の一か月間、台湾での仕事を終えて帰国し、稽古場に行くと、教祖が待ち構えていたようにスリッパをパタパタさせながら近づき、菜々子の前に立ち塞がった。

「菜々ちゃん、神はいると思うかい？」

　菜々子は面喰らいながら教祖の顔を見た。自分が試されているのを感じた。それについて〝考えた〟というほどのことはなかったし、菜々子はクリスチャンでもない。

「いない…んじゃないですか」

　菜々子は、あやふやな口調で答えた。教祖はジロっと菜々子を見た。明らかにこの答え方が気に入らないのだ。菜々子は身がすくんだ。台湾に行く前にも教祖から〝宿題〟を出されていたのに、忘れていたのである。その宿題とは、「東海林太郎は、なぜ両腕を体につけたまま歌ったと思うか？」だった。

「もう少しさ、腕組みして、考えてから答えなさいよ」

そう言うと教祖は踵を返し、二階に上がっていってしまった。

菜々子は前々日まで台湾のホテルで全身に金粉を塗って踊る金粉ショーや、片手首、片足首を吉良に摑まれた格好で宙を水平飛びして回る一種の荒業売りのショーで踊っていたのである。神もへったくれもない。短期間で稼ぎ、吉良の部屋からの脱出資金と当面の生活費を稼いできたところだった。教祖は、菜々子が台湾で〝稼ぎにかまけて〟いたのではないかと、警告したかったのだろう。

菜々子はまもなく中野に最安値の部屋を見つけ、引っ越して行った。トラックが通る度に部屋が震動するような車道に面したボロ家だったが、当座しのぎだから平気である。吉良の部屋からも、教祖の稽古場からも遠ざかったのである。

・・・・・・・・・・・・・・・・・・・・

吉良の最初の舞踏公演の準備はすぐに始まった。菜々子は吉良に頼まれ、公演のチラシに彼の舞踏案内を兼ねた一文を書くことになった。書いた原稿を吉良に渡すと、彼はその一文の後半を勝手にちょん切って短くし、脈絡もなく自分の言葉をつなげてノリ付けしてしまった。東北出身の〝舞踏の教祖〟を意識した彼の日頃の感情が、天井裏から下りてきて顔を出したらしい。彼はその継ぎはぎ文を印刷所に入れてしまった。もう二度と書く気はないので、菜々子は彼に何も言わなかった。

公演は予想以上の客入りだった。舞台にはO師と教祖が賛助出演していた上、吉良は公演前夜のラジオ番組で芝居っ気たっぷりに彼の舞踏論をぶち上げ、公演の宣伝をしたのである。それが効いたのか、客はどんどん入ってきて、カラの菓子箱に満杯の千円札は入りきらず、山盛りのポテトチップスみたいに膨れ上がり、蓋で押さえても受付の机上にこぼれ落ちた。

終演後、箱の札束を蓋で押さえながら菜々子が客に挨拶していると、劇場の支配人らしき小男ともう一人の若い男の二人組が、運動会の徒競走並みのラッシュで菜々子めがけて走ってくるのが見えた。あっという間に小男はゴールの菜々子に飛びかかり、菜々子の片腕を両手でギュッと摑んだ。さあ、捕まえたぞといわんばかりに。

「会場費を払って下さい！」

と、蒼い顔のまま小男はハーハー息を切らして言う。後払いの会場費を取り損ねてなるものかと全速力で走ってきたのだ。

「払いますよ。手を放して下さい！」

菜々子は怒って言った。これではまるで現場を押さえられた泥棒扱いで、まったく無礼千万な連中である。菓子箱入りの千円札を数え、会場費を支払うと手元には幾らも残らなかった。会場費は高かったのである。支配人の男は、この素性の知れない連中をまったく信用してなかったのだ。おそらく今まで苦い思いをしたことがあったのだろう。

終演後のホールの通路を、教祖が速足で近づいてくる。見るからに険しい表情である。何事かと思っていると、彼は息巻きながら、

「Tの奴、あいつ、座席でこうだぜ」

と、仰向けに身を伸ばし日光浴でもするような恰好をしてみせた。Tは教祖の稽古場や公演によく顔を見せていた若手の音楽家である。

「舞踏をナメてるのよ！　俺はTに頭にきてるんだよ！」

教祖は実際、頭にきていた。日頃のクールさや、意地の悪いトゲのある舌戦で人を痛めつけている時の隠微さは微塵もない。

彼は姿勢を重視する人で、気が抜けたように椅子に浅く腰かけるような奴はダメだと嫌っていた。Tは浅くどころか、座席からずり落ちそうに〝寝そべった〟恰好で舞台を観ていたのである。教祖の怒りは、その後おそらくTの〝稽古場出入禁止〟につながったようである。以来、Tの姿を見かけることはなくなった。

公演が終わり、チケット代の残額を吉良に手渡した時、菜々子は初めて彼が気の毒に思えたのである。注ぎ込んだ労力と時間、経費に引き換え、彼が手にしたものは、あまりにも少なかった。吉良に残額を手渡した時、彼は何も言わず、菜々子の方も何も言わなかった。ホールの支配人が、血相を変えて走ってきて菜々子の腕を摑んだ経緯も話さなかった。

吉良は何を思っていたのだろう。公演後、吉良の前で公演内容についても、今後の活動についても菜々子は触れなかった。

Ｏ師　恋慕の季節

壁に貼ったＯ師の舞台写真のコピーを菜々子は眺めている。淡い恋慕に似た懐かしさが菜々子の胸を甘酸っぱくさせていく。その隣に貼ってあった吉良の公演時のポスターを菜々子は最近取り外し、代わりにカレンダーを掛けておいた。

舞踏家Ｏ師の稽古場に通ったのは、短い期間に過ぎないが、その稽古場で、菜々子はＯ師から又とないほどの濃密な時間を与えられたのである。幼年時代を除く幸福な思い出と言えば、その短い期間がまさにそれだった。その思い出は、レッスン後に帰っていく夜の澄んだ星空を伴っていた。

菜々子にとって〝幸福〟とは、ここにあるものを互いのものとして分かち合うことである。言ってみれば、家族と共に食事をするのと同じである。都会であれ農村であれ、ゴッホの「馬鈴薯を食う人々」の世界、汗と引き換えに手にした糧を共有することである。

菜々子がO師から受け取ったメッセージには、その真実がこめられていた。O師のダイニングキッチンの長方形のテーブルは、家族や友人達も一緒に食事できるほど大きかった。

O師のレッスンには、他の舞踊団のような身体訓練はない。彼の打つ低い太鼓の音と共に彼が発する言葉に触発されたイメージの世界を踊るのである。それは一旦、自分の頭の中身をそっくり犬にくれてやり、カラになった自分に別のイメージを放ち、そこで存分に遊ぶ訓練であった。すべて即興である。

「さあ、私は今、麦畑を行く一頭の一角獣だ！」

初めてのレッスンの日、O師は叫んだ。

（一角獣？　…そんな動物、いたっけ？）

彼のダンスと音楽の関係は、〝音楽に合わせて踊る〟バレエや一般舞踊とは大きく異なっていた。両者の対話は必ずしも同調と共感を求めず、むしろその期待を裏切り、予期せぬ別の地平へ互いを飛躍させる。予定調和的なコード進行に肩すかしを食らわせ、意表を突くコードに飛び移って行く。〝悲しげな音楽〟に合わせて〝悲しげに〟

踊る路線は取らない。

雷雲から神の声が轟くようなバッハの曲の大音響と共に、娼婦のなれの果てと見まがう老女の彼が姿を現した時、観客の間に声にならぬどよめきが起こった。音楽の高らかな〝動〟と踊り手のじっと動かぬ〝静〟との緊張をはらんだ対比には、見る者を何かしらドキリとさせ、釘付けにさせるものがあったのだ。

帽子の下の白塗りの顔は悲しみそのものに見え、また〝表情〟を超えてあらゆる感情が凝結した仮面にも見えた。その顔は、男であると同時に女でもあり、ひどく老いているがゆえに性を超えた存在にも見えながら、瞬間的になまなましい性を覗かせたりするのである。

一体このような舞台の幕開けと、意表を突く劇空間を展開してみせたダンサーが、これまでにいただろうか？

菜々子には父親に甘えた記憶がないせいか、自分の父親にはない大きな父性をO師に求めていたことは否めない。時折、菜々子は彼の首に両の腕を回して甘えたい衝動に駆られた。仮に不謹慎なそうした振る舞いに出たとしても、O師なら自分を受け入れてくれるような気がしたのである。

彼は菜々子が身近に接した男性の中で、当然ながら〝最も安全な男性〟であった。と言うのも、菜々子の周囲に〝安全な男性〟が極めて少なかったからである。

O師を想う時、菜々子の心は自然と安らぎ、年頃の娘らしい素の自分に還っていく。O師に対する敬慕心が他の感情を圧して、菜々子の自堕落になりがちな気持ちを軌道修正してくれたからである。

ダンス仲間に誘われO師の稽古場に来た時、菜々子は生徒の数の少なさに驚いた。彼の前歴については何も知らず、ただ知る人ぞ知る舞踊家であることしか聞いていなかった。彼が後年、七十歳を過ぎて欧州で衝撃的なデビューを果たし、名を知られるようになるとは、当時おそらく誰一人想像していなかったことだろう。

菜々子はダイニングルームでO師の談話を聴いていた。それは稽古後のティーブレイクのわずかな時間に限られていたとはいえ、話は彼の手がけた様々な公演の振り付けの事から、学校での彼の威光を示す自慢話、戦時中の中国人が作った料理の上手さと料理が運ばれてくるタイミングの絶妙さ、ビートルズのギターの〝持ち方〟がいかに巧いか等、気の赴くままにつまんで語られた。

彼の語る言葉は折り目正しく丁寧で、同時に子供のように無邪気で率直であり、どんな衒いも感じられなかった。菜々子はその事に度々驚かされたのである。

彼は華北やニューギニアなどの戦地に足掛け九年もいたのである。彼はクリスチャンだった。戦地体験がクリスチャンであることと彼の胸中でどう折り合っているのか、窺い知れないものがあった。


その日、彼は見るからに疲れ消耗している様子だった。口が重く、虚ろな目をしていた。稽古が始まっても言葉に生彩がなく、明らかに稽古が辛そうである。菜々子はやめても良かったのだが、言いそびれて気が入らないまま稽古は早めに終わった。

「先生、あの…今日は、お元気がないようですけど、何かあったのですか?」

菜々子はためらいつつも思い切って訊ねた。O師に個人的な質問をしたのは、それが初めてである。すると彼はだしぬけに右手で顔を覆った。

「昨夜、あまり寝てないものだから」

顔から手を下ろすと、彼は弱々しく言った。彼が辛いなら、レッスンはやめてもよかったのに。二十歳の菜々子は、こんな時ですらO師に対して自分の意志や気持ちを何ひとつ伝えられなかった。

「昨日、私は宿直だったんです。夜遅くになって、宿直室の戸口に野良犬の子が来たんですよ」彼は勤めている学校での出来事を語り出した。

「そいつが腹が減ってるもんで、戸口の外で鳴くんですよ。私はね、何か食わせてやりたい気持ちでいっぱいだった。だけど学校では犬に食べ物をやってはいけない決まりなんです」

O師の悲しげな目は放心したように床の一点を見ていた。そしてふいに彼の大きな両手が動き、宙に上がり始めた。

「食うものをやりたい、だけどやってはいけない。…犬の奴は腹が減ってるからクゥーン、クゥーン鳴き続けるでしょ……私はもう、たまらないわけです」

そう言いつつ、彼は左手で胸を押さえ、右手を前方に差し出しながら自分が一晩味わい続けた苦しみを菜々子に訴えた。驚くべき率直さだった。両の眉は悲痛に下がり、その皺深い顔は不眠の夜に食い荒らされ疲れ切って見えた。

「その声が一晩中、耳に取りついてしまって…」

彼は両手で耳を押さえるように頭を抱え、生気の失せた顔をうつむけたまま口をつぐんだ。

O師のそうした一連の動きすべてが、菜々子には踊りに見えた。彼は椅子に座りながら菜々子に踊ってみせたのである。飢えた子犬のしだいに弱まっていく声と、その訴えを黙殺した自分を。深閑とした夜の校舎の一室で、〝禁止〟のドア一枚を隔てながら続いた不眠。

菜々子なら子犬に餌をやってしまう。彼にはそれができないのだ。O師は学校に勤めながら妻子を養っている身である。そして（たとえ、この小さなルール違反を知る者が他に誰もいなくても）決まりを破れば、おそらく翌日から彼は胸を張った体育教師ではいられなくなるだろう。彼は愚直なまでに信義の人だった。

O師に対する当時の菜々子のこうした感情はごくありふれたものであって、よくあるような生徒の〝先生〟に対する慕情の一つに過ぎないとも言えた。そこにそれ以上のものがあるとすれば、O師の存在が菜々子のその後の人生に長く影響を及ぼした点である。その後菜々子はO師のもとを去ったが、同時に大きな精神的庇護を失うことになった。

最終レッスン

季節外れの薄地のカーテンの向こうに朝が来ていた。

日が昇るにつれ、東南の窓は若草色のカーテンを通して徐々に明るさを増してくる。やがて窓いっぱいに光の波が押し寄せると、部屋は淡い若草色の朝を迎える。この窓に雨戸は無い。

菜々子は日曜の朝の安堵感にくるまっていた。アパートは、しんとしている。時計を見ると七時で、普段より一時間遅い目覚めである。そろそろ起きてコーヒーを入れよう。昨日届いた吉良の手紙もまだ読んでいない…そう思った。

最近は帰宅後、手紙を読むのもおっくうになっていた。吉良の手紙はひんぱんで、場所を移動しながら書くらしく、一度に二通受け取ったりする。北海道での滞在期間は残り少なくなっていた。

『富良野に到着。店の子供を二人連れ新造船に乗って…眼前に迫った島は、まったく夢の島だった。いた、いた。観光なんぞに汚れてない子供達が！　自分で発明した遊びに熱中し、草花の中にうずくまっている。見知らぬ人間を訝しそうに眺めている表情。懐かしい幼少期の記憶が蘇ってきた。

海を前に握り飯を頬ばった時の気分と言ったら！　もう忘れていた子供の頃の恍惚の中に瞬間、返り咲いたよ。・・・・・・・・・・・・・・・

岸壁に出てはるか下方を見ると、幾千の海鳥の群れ。目が眩む。百メートル以上もある絶壁の頂上に卵を抱えた海猫。鳥を追っ払って土中の卵の傍に寄ってみると、保護色の卵だ。目を凝らさないと見失う。触るとぬくもりが伝わってくる。ポケットに何個も入れて、ガキと一緒にはしゃぎながら走り回った。……』

吉良の手紙は珍しく明るく、興奮した姿が目に浮かんでくる。彼本来の活力が戻ってきたのが感じられた。吉良のために良かった、北海道に行った甲斐があったと菜々子は初めて素直にホッとした気持ちになる。

『……いつか菜々子にも案内してあげる。帰ってからもっとゆっくり、くわしく話をしよう。菜々子に会いたい。それが唯一の楽しみと希望で、もうすぐ会えると思えば、少々の事は我慢できる。……』

菜々子は、吉良が子供時代へのセンチメンタルとも言える郷愁を抱いていることを時折感じていた。列島の南端に位置する彼の生まれ故郷も、子供時代を過ごした瀬戸内海の小島も、美しい海と穏やかな自然環境に恵まれた島である。細々とした漁業と農業に頼った貧しい暮らしに甘んじていたとはいえ、彼が故郷を離れ上京してきたことは、何かの間違いだったのではと思える時があった。彼と社会との不協和音が大きくなればなる程、彼の幼年時代は黄金色に輝くだろう。

湯を沸かそうと炊事場に出て行くと、珍しくウキノさんの部屋の戸口に真新しい柄物のスリッパが置かれている。それは彼の手作りスリッパの横に寄り添うように並んでいた。戸はきちんと閉まっておらず、戸口が五センチばかり開いていた。炊事場に立ったまま戸口の隙間の方にちらと目をやると、着物姿の年配女性の肉づきのいい大きな背中が見えた。彼の母親かも知れない。

彼の部屋で来客を見たのは初めてである。話し声らしきものは聞こえなかった。食事時かも知れない。もう十二時を過ぎていた。湯が沸くと、菜々子はヤカンを手に足音を忍ばせるようにして自室に戻り、ドアをそっと閉めた。

ヤカンの湯をポットに入れながら、菜々子は何となく耳を澄ませている自分に気づいた。物音も声も立てない彼らとまるで時を共有しているような気持ちがした。他人の親子関係には当人にしかわからないものがある。それでも菜々子はこうした沈黙が続く彼らと、自分の親子関係との隔たりを思わずにはいられなかった。

菜々子が四年前、家を出て自活したいと言った時、予期していた通り、父親は伝家の宝刀を抜いて見せるような怒り方で吠えた。

「なぜ、家を出なきゃならんのだ！　第一、何で食っていくつもりなんだ！」

「踊って稼ぎます」

「何をたわけたことを！　話にならん！　そんなことは許さん！」

「……」

「学費はどうするつもりなんだ？」

「自分で払います」

翌朝、父親が会社に出てしまうと、菜々子は入れ替わりに到着した軽トラックにまとめてあった荷物を運び入れ、家を出て行った。

一か月後、家に呼びつけられて行くと、父親は厳かに宣告した。

「人間のクズみたいなものになったら承知せんからな。舞踊をやるなら一流の舞踊家になれ」

一流⁈　クズ⁈　二つとも思いもよらない言葉だった。菜々子は生活費や学費は踊って稼ぐと言ったままでである。あなたが嫌だから家を出たんですとは言えなかった。（いっそ〝クズ〟になって彼に報いてやろうか）父親の言葉が愛情から出た言葉とは思いたくなかった。

彼が自分の子供達に求めているのは、社会の勝ち組人間になることなのだ。人生は「勝ち組」と「負け組」で成り立っており、それ以外の「組」は、彼には存在していないらしかった。彼は世間を恐れていた。〝強虫〟でないと生きられない様々な荷を背負って苦労してきたからである。それなのに彼の息子達ときたら、「揃いも揃って、まったく情けない奴ばっかり」なのである。彼の三番目の息子は中でも影の薄い存在で、実に〝ふがいない奴〟だった。父親に何一つ言えないその兄の肩代わりをするように、菜々子は父親を憎んだ。

　ある日、菜々子が友達と電話で話していると、父親は横合いからいきなり受話器を引ったくり切ってしまった。電話の〝話題〟が〝危険〟だったからだ。友達は、デモに参加した級友が機動隊員に捕まった後戻らず、動揺して電話してきたのである。

（家を出てやる！）菜々子は思った。

　親子関係は更に悪化していった。彼は菜々子のブラウスの襟元の一番上のボタンが一個外れていただけで、まるで汚らわしいものでも見たように「ボタンを留めろ！」と叱責した。心も冷えるような声だった。娘が襟元の肌を見せるのは、みだらで〝危険〟だからだ。〝悪い虫〟がつく原因になる！　襟ぐりの小さい、ありふれた白のブラウスのボタンを菜々子は黙って留めた。

（家を出てやる！）茶の間で菜々子は再び思った。

　父親は菜々子に、月一回は実家に顔を出し、年に一回は祖母の墓参りに来ることを条件に自活を認めるとする〝判決文〟を手渡した。菜々子は、その子供騙しのような箇条書きを黙って受け取ったが、月に一回実家に顔を出して父親に検分してもらうつもりはなかった。

隣室のウキノさん親子の沈黙は続いていた。菜々子の父親から見れば、〝話にならん〟生活をしている息子と、それを受け入れる他ない母親の二人が、たぶん食事をしていた。言葉よりもっと決定的なものが彼らの今後を待ち受けているにしても、彼らは黙って食事を続け、やがて母親はいくばくかのものを息子に渡し、帰って行くだろう。

・・・・・・・・・・・・・・・・・・・・・・・・・・・・

夏は夏雲と一緒に去っていった。入れ替わりに秋の虚空が現れると、どこかで静寂を打つ細く澄んだ音が呼んだ気がして、菜々子の気持ちは素の自分にひっそり戻って行った。秋の天空は果てしない迷路のように心を寂しく迷わせた。目標が定まらないまま季節は冬を迎えていた。

せつなかった。誰かに言うような類の話でもない。この社会と折り合いをつけながら生きていかなくてはならない事はわかっている。問題はもはや父親でも吉良でもない。ここから一歩踏み出す新たな道が見えない…。

菜々子の靴先はO師のもとへ向かって行った。その日、ただO師に会うことしか念頭になかった。日暮れて人家も少ない暗い坂道は、路線のある街中から遠く外れ、物音も途絶えた緩い勾配の石段へと続いて行く。本腰を入れて舞踊をやる気がないのなら、O師にそう告げなくてはいけないのに、まだ言えないでいた。稽古場の入り口には、誰の靴も置かれてなかった。

太鼓の音がハタと止まり、O師は椅子から立ち上がった。

「ちょっと見ていて」

そう言うと、彼は稽古場の中央に進み出てきた。菜々子は救われたようにホッとし、稽古場の奥に退いた。そして壁を背に床に座った。

夜の静寂の中、天井の蛍光灯の明かりが彼の全身を照らし出す。無音が、この登場を一層際立たせていた。O師は細身にフィットした黒のハイネックのセーターに普段着の綿のズボン姿である。息を詰めるようにして菜々子はその姿を見つめた。菜々子がO師独壇の踊りを正面から見るのは、これが初めてである。

O師は踊り始めた。引き締まった彼のトルソは美しく、黒い裸形はゆっくり呼吸を始めた。小さめの形の良い頭部、人一倍大きくて際立つ両の手。骨ばったその二つの手は、まるで彼の魂の使徒のごとく秘めやかに動き出した。長年にわたって鍛えられた強靱な足腰が、彼の上体のどんな微細な動きにも感応しながら伴走していく。

彼の並外れた表現力を持つ両の掌に、菜々子の目は吸い寄せられていった。それが時に彼の頬を触れんばかりに包む時、その柔らかな窪みから花開いていくエロスが感じられた。その花芯は彼の愛の化身なのだろうか。そこに漂うふしぎな清澄さ。次々に変貌していくありありとした幻像…。

彼が求愛し、愛執してやまない世界が何なのか菜々子にはわからない。が、強く惹きつけられていく。そしてあたかも命を抱擁するために生まれたかのような、彼の限りなく柔らかく輪を結ぶ両腕の動きの美しさに見惚れていた。それは今なお息づいている死者の魂をことごとばかりに引き寄せ、かき抱くのである。抱き寄せ愛撫しているのはO師であり、同時に愛撫されているのは彼自身でもあるかのように。

踊るO師が、この地平で目に見えないものと交信している様を菜々子は見守った。

彼は、深く狂っていた。憧憬の女神が彼に呼びかけると、その指先にあやつられるように顎を上げながら追う独特の顎の動き。せつなげに虚をさまよう眼差し。寂しい明かりの下で、悲痛と恋慕の湖水が同時に菜々子をひたひたと浸していった。

……聞こえない声で何かを喋っている。告白している。言葉では捉えられないある情景を。胸を切りつける悔恨、途絶えたきりの吐息の跡、春のすすり泣き、くり返し許しを乞うなじ、非力さに震えながら崩れる惨めな背骨……深まりゆく夜の蛍光灯が、一人の舞踏家の孤影を、悲苦を、狂おしい哀願のさまを余すところなく照らし出していた。

菜々子の目は緊張したまま彼の動きを追っていた。O師の頬がふとゆるんだ。羞じらうような微笑。何かを見つけたのだ。削り取られたはずの彼の記憶の壁面を。そこに尚、微かに残っている愛の慎ましい眼差しを。恩寵のごとく、それが彼に投げかけられ、彼は乙女のごとく悶え始めた。

菜々子はゴクリと唾を呑み込んだ。この人は一体誰なのだろう？　蛍光灯の真下に見慣れた人が、見知らぬその人が悶えていた。渾身の力を振るいながら、彼が目指すあるものに触れたがっていた。そして歳月が彼に与えた一切、愛と苦痛の一切が津波と化し、ぎりぎりの高さまで上りつめたと思えた瞬間だった。

「Ａｈ――！」

思いがけずその口から叫びがほとばしり、ほとんど同時に彼は床に倒れこんだ。菜々子は動けないまま息を詰めて見守った。Ｏ師は床からスッと立ち上がった。

「どうですか？」

と、菜々子に顔を向ける。普段の顔に戻っている。微笑を含んだ眼差し。彼がそのような表情を浮かべるのは、実に幸せな、つまり心足りている時なのである。

彼が菜々子への〝指導〟など完全に忘れ去って踊ったことは、わかっていた。たった一人の観客を前に、彼は惜しむことなく踊る魂を全開して見せたのだ。菜々子の方は石化したように動けず、一語も発することができなかった。感動は大きく、胸いっぱいにせり上がってくるものがどよめき揺れていた。

茫然とO師の顔を見ているきりである。彼はそれ以上何も言わず、自分の椅子に戻った。これ以上のレッスンはありえなかった。

O師の年齢は六十代に入った頃である。彼が七十代半ばでヨーロッパを始め、国内外で活動を続けたことを思えば、当時彼は実に〝若かった〟のである。その後も彼の舞台を見る機会はあったが、菜々子にとってはその日に優る烈しいダンスはなかった。舞踊家としていわば不遇であった当時の彼の中で、彼の情熱と長年培ってきた独自のダンス宇宙が、一気に躍り出た夜だった。

俺の中の黄色が消えた

ノックの音が聞こえ、菜々子の返事より先にノブが回され、ドアが開いた。薄暗い廊下に吉良が立っていた。丸坊主の頭。硬い眼光が菜々子を捉えた瞬間、やわらいだ。思い出したようにその顔がニッと笑いかける。反射的に菜々子は口元だけで微笑ったが、その顔から目をそらせた。ドアを後ろ手に閉めながら、部屋の様子を見回す目。壁に貼ってあった彼の前の公演ポスターは取り外され、カレンダーに変わっている。

「早かったのね」

その眼差しに見えた一瞬の翳りを払うように菜々子は言う。底冷えする晩だった。再び頬がゆるみ、吉良は弾かれたように笑顔になる。それからストーブ際の一脚だけの椅子をベッド際に寄せ、菜々子と斜向かいに座った。夜の外気にさらされ、冷え切ったらしい顔を両の掌でしきりにこすっている。三か月間、彼を菜々子から遠ざけていた距離が、にわかには縮められない様子であった。

　肩をすぼめるようにしてストーブに手をかざす吉良を菜々子は眺めた。まるで寒風の戸外で荒くれた力仕事を終えたばかりの受刑者のように見えた。微かな憐憫と嫌悪の入り混じった感情が菜々子の中で動く。この三か月間は長かった、とその顔は言っていた。削られた頬の辺りに疲労の残滓が漂い、実際の年齢より老けて見える。菜々子の視線を感じたのか、顔を起こすと彼は子供のように微笑った。

「しばらくだね、菜々子」

「ずいぶん頭がサッパリしたのね」

　嫌悪感と不満をほのめかせる口調だった。菜々子は僧侶はともかく、坊主頭が嫌いである。戦時中の旧日本兵や受刑者を思い出してしまう。

「剃っちまった」

　吉良は坊主頭を片手で撫でて照れ笑いする。その手がふいと伸びてきて菜々子の手を摑んだ。

「冷たいわよ！」

　菜々子はビクッとし、思わずその手を払いのけた。

「寒くて、歩いているうちに冷え凍ったよ」

空いてしまった両手を揉み手に変えながら彼は言った。菜々子は用意しておいた茶葉入りの急須にポットの湯を注ぎ、湯飲みに茶を淹れ始めた。茶を勧められると、彼は茶碗を両手で引き寄せ、熱い茶を喉を鳴らしながらゆっくり飲んだ。

「茶はいいね」

湯飲みを置いて菜々子を見る目が光って見えた。

「菜々子、手紙をいつもありがとう。嬉しかったよ」

「……」

「何だか前よりきれいになったみたい」

「そう？　髪をショートにしたかったの」

吉良は髪を軽く振ってみせる菜々子をじっと見た。大きくも小さくもない二重瞼の奥の黒いレンズが、射るように菜々子を見ている。菜々子はその強すぎる視線を受けながら、再び口元だけで微笑んでみせた。吉良は立ち上がると、菜々子に覆いかぶさってきた。

石鹸の仄かな香りがした。体臭らしきものがないその体は、清潔な少年の体のようだ。胸に伝わる硬い動悸は、不吉なほど速く打っていた。菜々子から欲情は去っていた。両腕が菜々子の肩と胸を、首を万力のように締めつけてくる。喉元が苦しく、菜々子はその腕に手をかけ緩めようとしたが、腕は動かない。顔が急速にむくんでくるのがわかった。（もう、沢山だ）

菜々子の中でそんな声がした。押しつけられたその顔が菜々子の首筋を濡らしていた。菜々子の目にも涙がにじんでくる。

「苦しいからやめて」

菜々子の声はかすれる。

「毎日、菜々子のことを考えていた。ここに来る途中、もう菜々子はここにいないんじゃないかって気がして…」

図星を指された気がした。（だったら、なぜ方向転換しないのよ。意気地なし！）

・・・・・・・・・・・・・・・・・・・・・・・・・

「私ね、今、百科事典のセールスやってるのよ」

髪をブラッシングしながら、菜々子は思い出したように軽く言う。

「セールス？」振り向いた吉良の片眉がピクリと上がった。

「何だってそんなものやるのよ」

その顔にありありと興ざめた色が浮かんでいる。

「騙されたのよ。新聞の募集欄に百科事典の編集と書いてあったのに、行ってみたらセールスだったの」

「すぐ断って帰ってくればいいじゃないか。バッカだな」

「考え直したの。向こうが私を騙したんだから、嫌になればすぐ辞めればいいし。当座しのぎよ」

「……」

吉良はタバコに手を伸ばし、火をつけ、煙を吐いた。

「あんまり夢中になってやるなよ」

「夢中でなんかやらないわよ」

菜々子は笑った。

「くだらないからさ」

「そうね」

「いつからなの？」

「半月前かな」　菜々子はいい加減に答える。

「会社が新宿で近いからちょうどいいと思って」

「事務とか、他に何かなかったのかい」

　吉良はまた蒸し返す。

「事務？　あんなの安給料でどうにもならないって！　それに私が数字に弱いの知ってるでしょ？　ゼロが並ぶと頭が痛くなるの。バカにされてる感じ」

　菜々子は、お節介はよして、と思っている。彼は菜々子にもっと世間体のいい知的業種、出版業や翻訳関係の業務に就いてもらいたいのだ。菜々子に就職する気はない。今は旅行資金が要る。

「前に一回勤めた商社だって、それが原因で辞めたのよ」そう言って菜々子は咳払いする。

「タイプでゼロ一つ多めに打ったからって、カンカンの大騒ぎ、あのガマ社長。一回は謝った。それ以上はごめんだわよ。そしたら、君は反省が足りないだと。足りないって言われたって、足りたくないもん。キライ！　ガマも数字も」

　菜々子は蓮っ葉に喋りながらコンパクトの角度を変え、鏡でちらと吉良の方を覗いた。吉良はタバコを吸いながらストーブを見ている。顔が厳つくなっている。菜々子はコンパクトをパチンと閉じた。

「さて、行こうか」

　彼は出しぬけに立ちあがった。


　アパートを出て夜道を歩きながら、二人は近くの中華料理屋に向かった。

「何ふくれてるの？」

「別にふくれちゃいないさ」

「あのポスターを取ったのが気に障ったのね」

「……」

「たまには模様替えが必要よ。会社勤めにはカレンダーが要るの」

「……」

　暗いので吉良の顔は見えない。

「最近、俺はどうもダメになった気がするんだ」

　しばらくすると沈んだ声がボソリと言う。

「どんなふうに？」

「俺の中から黄色が無くなった気がするんだ。俺は、前は黄色だったのよ」

「理性的になったのね」

「へへ、そうだね」

暗がりの中で吉良が機嫌を直したのが感じられた。たぶん、それは彼がこれまでの生涯で一度も聞いた事がない一種の褒め言葉だった。彼は菜々子の手を握ると、それを上着のポケットに収めた。


吉良が以前、黄色だったというのはたぶん真実である。彼がラテンの曲で踊った頃の姿を菜々子は覚えている。彼は浮き浮きと踊っていた。敏捷でバランスのいい小柄な体は、ラテン特有の明るさとリズムを刻むために生まれてきたかのようだった。

彼はコンガを巧みに打ちながら「黒い天使」を低音の少ししゃがれた声で歌ったりした。時にはシャンソンの「ヒナゲシのように」をコンガだけを伴奏にドラマチックに歌って聴かせた。それは菜々子を嫉妬させるほど上手く、客席はダンサーの思いがけない歌に沸いた。

踊っている時の吉良の顔は生き生きと、時には小ずるそうに輝いていた。もちろん、ショーダンスは彼のほんの一部しか表していない。それでも、彼の公演舞台を見ながら菜々子は釈然としないものを感じていた。どこか借り物の吉良を見ている気がしたのである。どこか…たぶん教祖の振りつけの枠から半身しか出られないまま踊っているのだ。

彼が本来持っていたはずの〝黄色〟はどこに隠れてしまったのだろう？　料理を楽しみ、猫と猫次元になって遊び、蛇を即席のパチンコで撃って喜んでいる悪ガキはどこに行ったのか？　あの野蛮で性悪な奴は？

（爆発する黄色が無くなったのは、二十代が終わったせいよ。前ほどジャンプできなくなったものね）

菜々子は胸の中でひとりごちていた。

朗報と転落

数日後、夕食を終えた菜々子がベッドの上で内職の法律文校正をしていると、ドアをノックする音がした。「はい」と返事すると同時にドアが開き、ジャンパー姿の吉良が入ってくる。菜々子はむっつりしたまま〝内職〟を続けた。

「今、手を離せないから、自分でお茶を淹れてね」

吉良が座卓の向かい側に座っても、菜々子は手を休めずに言う。

「うん」

吉良は言われるままに急須に茶葉を入れ、ポットから湯を注いでいる。

「菜々子も飲む？」

「私は要らない」

「いやあ、昨日は面白かったよ。あのイカレポンチのヤスエさ。俺んところに来て踊りの稽古を見たいわ、なんて電話かけてきたのよ」

菜々子の冷淡な様子には構わず、吉良は陽気に喋り出した。

「ふーん、そう」

菜々子は鉛筆を離さないまま言う。校正と言っても、法文科の学生が使うテキストの前近代的な法律文を〝理解できる現代文〟に直す仕事で、実のところ吉良のお喋りに耳を貸しながらやれるほど気楽な内職ではない。何しろ、主語の頭の後にくねくねと蛇の胴体並みの長い述語が続き、尻尾はどこなの？　と言いたくなる悪文。よく見てないと、何が何だかわからなくなる独善文なのである。

「女どもが来るって言うから、俺、あんまり小汚ない部屋を見られるの嫌だしさ。荷物の上に毛布かけて隠しといてから部屋の電気を消して真っ暗にしたのよ」

吉良はあぐらをかいた格好で茶をグビッと飲み、上機嫌である。来客とわかっていて部屋を真っ暗にする吉良の料簡がわからず聞いていると、

「それで、あの女、高慢ちきだからひとつ脅してやれと思って子亀の奴を四匹、部屋の隅に置いてさ、甲羅の上にローソクを立てておいたのよ。ウヒヒヒ……」

吉良はいかにも嬉しげに自分も亀のように首を縮めて言う。

「子亀？　そんなものどこから持ってきたの？」

菜々子がつい聞くと、

「え？　…駅前の鳥屋で買ったのよ」

「鳥屋？」　駅前にあるペットショップのことらしい。

「そこにわざわざ買いに行ったの？」

「うん」

吉良は、さすがに幾分きまり悪そうに頷く。菜々子はあきれて再び法律文に視線を戻した。そんなことに情熱を燃やす吉良の気が知れなかった。

「へへ、ヤスエ達、部屋が真っ暗だからビクビクしてやがんの。俺は頭からカーテン引っかぶってダルマをやってたんだ。くだらねえ世間話なんぞ誰がするかって。へへ、すっとぼけて口から出まかせ舞踏論、喋くってやったのよ」

菜々子はテキストを見ながら、バカバカしさと共にこみあげてくる笑いをこらえた。

「そのうち、亀の奴、甲羅が熱くなってチョロチョロ動き出してきたもんだ。真っ暗闇でローソクの火が動き出すもんだから、いやあ、おかしいの何のって、ヒッヒッヒ。二人共ケツをもぞもぞさせてるのよ。俺のことが怖くて声も出ないってわけさ。ヒーッヒッヒ」

吉良は嬉しげにそう言ってまた茶をグビッと飲む。

菜々子はヤスエ達のことを思い、ため息をつきそうになった。彼女達と親しくはないが、今後も顔を合わせる機会がないわけではない。

「それで俺もつい悪ノリしてさ、『キミー』と低くにじり寄ってあいつの手首をギュッと握ってやったのよ。キャーッと始まって大騒ぎさ。二人でワーワー転がりながら逃げて行きやがった。ヒーッヒッヒッ」


菜々子は鉛筆を置き、下を向いて笑い出した。ヤスエ達の様子が目に浮かんだ。二人は来る場所を間違えたのだ。これに懲りてもう二度と来ないだろうが。彼女達は舞台以外の吉良の実態が、まるで見当がつかなかったのだろう。はるばるやって来たのに、川田しめ子所有の吉良の「快楽館」でとんだ目に遭い、気の毒なことであった。


「大方、あんなものさ。ざまみろ、あのブルジョア女。俺の踊りをわかったつもりしやがって。冗談じゃねえや」

吉良は不機嫌だった菜々子が笑い出したので満足らしく、「いやあ、面白かった」と言いながら、得々と彼の〝快楽館〟に引きあげて行った。彼はこの話を聞かせたくて、自転車を漕いでやってきた模様である。

―吉良が帰った後、菜々子は何とはなしにため息をつき、〝法律〟を片づけた。

笑ったお陰で気分は軽くなったものの、吉良の行く末が思いやられた。あの分では今後も苦労しても気づかず、何回でも荷を背負って走って行ってしまいそうである。しかし、吉良の話に菜々子が笑っていたのもここまでだった。

二、三日すると吉良はまた葵荘にやって来た。菜々子はベッドの上で足を伸ばし、いつになくリラックスした格好でタバコを吸っていた。機嫌が良さそうである。

「タケル、あなた北海道に行ってる間、誰かと寝たんでしょ？」

菜々子はふと思いついたように吉良に聞いた。彼の地方での行動については、店のバンドマンや芸能社の方から時折情報が流れてきていたので、薄々はわかっていた。

「え？　そんなことしてないよ」

畳に座っている吉良は、ベッドの上の菜々子をちらと見上げて言う。

「別にいいじゃない。私には何も隠すことないじゃない」

菜々子は明るく屈託なげに言う。

「……」

「寝たんでしょ？」

「……うん」

「ホステス？　踊り子さん？」

「ホステス。向こうが誘ってきたから」

下を向きながら吉良はボソボソと答えた。

「どっちが誘っても同じことよ。その人、中年？　若い娘？」

「ええと…若い娘。二十一か、二十二歳くらいかな」

「やっぱりね。で、その娘、どんな風な娘だったの？」

「どんな風って…風呂から上がったら、俺の顔見て踊ってる時と違う人みたいなんて言ってたっけ」

「わかる。調子狂ったんじゃない？　あなたの素顔を見て」

「そうかな」

「思ったより年寄りだったのよ」

「そうかな」

吉良はそばかすと小皺の多い自分の顔を片手で撫でた。幾分は傷ついているようだ。

「それがさ、あそこを触られるのが好きじゃないみたいで、早く中に入れてなんて言うんだよ」

吉良の話は、女とベッドインしてからの段階に進んだ。

「何、それ?!」

突然、菜々子の尖った声が飛んだ。予期せぬ反応に吉良がビクッとして見ると、菜々子の表情は一変し、目つきも凄く彼を睨みつけていた。

「気色悪いわねえ…あなたって」

「え？　だって、菜々子が隠さなくていいって言ったから」

「誰がそんな話をしてと言ったの！　いい気になって」

菜々子の声が低く響く。恐ろしい目つきである。普段の菜々子とは思えない豹変ぶりだった。吉良は中腰になり、座り直した。

「何だよ」　上目遣いに菜々子を見ながら吉良は小さく抗議する。

「菜々子がどんな風って聞いたから…」

「手紙でキレイごと並べたって底が割れてるのよ。帰ってくれる？」

低い声が続いた。吉良は下を向いたまま動かない。その頭に再び菜々子の冷たい声の礫が飛んだ。

「気持ち悪いから出て行って！　私、まだ仕事が残ってるの」

菜々子は、立ち上がって机上の法律テキストを取りあげ、座卓の上にドンと置いた。吉良はうなだれたまま立ち上がった。部屋をのろのろと出て行く。ドアが閉まるや菜々子はすばやくベッドから降り、ドアに駆け寄った。そして聞こえよがしにカチャッと錠をかけた。

時刻は十一時でそろそろ寝る時刻である。菜々子は〝法律〟を机上に戻し、湯飲みやコーヒーカップを手早く盆の上にまとめた。吉良と別れるための点数稼ぎができて良かった。そう思った矢先、電話が鳴った。呼び出し音はしんとした夜のアパートに強迫的に響いた。ためらいながら受話器を取ると、ダンス仲間のシマである。同性の声は菜々子をホッとさせた。

「ちょっと頼みたい事があって。忙しいだろうけど、菜々ちゃん、アルバイトやる気ない？」

「何のアルバイト？」

「少女漫画のストーリー作りなんだけど」

「少女漫画って、一人で絵もストーリーも作るものなんじゃないの？」

「絵を描く方はいるのよ。ストーリーの方を頼まれて引き受けたんだけど、毎週、一人で書くのはしんどいのよね。あたしも踊りの仕事があるし。二人で交代にストーリーをつなげていくのって、どう？」

「交代にって…そんなの不自然で、すぐ編集者にバレるんじゃない？」

「大丈夫。そこはうまくやるから」　シマは自信ありげに言う。

「主人公は中学三年生でさ、バレー部のコーチに恋してるという設定。もう一人の恋敵と争うみたいなことにすればいいわけよ」


　シマの話は実に荒っぽい内容だったが、シマが言ってくるのだから、難しく考えることもなさそうである。今度の日曜に菜々子のアパートに初回分の原稿を見せに来るという。シマのアパートから菜々子のアパートまでは三十分もかからない。原稿料は悪くなかった。隔週に書けばいいので、辛気くさい法律文直しの気分転換にちょうどいい。文体の違いは、シマがたぶんタイプで菜々子の原稿を清書しながら、つじつまを合わせるのだろう。

　シマがアルバイトの手伝いを頼んできたのは三度目のことで、気心の知れた相手に不安はなかった。

・・・・・・・・・・・・・・・・・・・・・

北海道から戻って一か月後、吉良の小公演は無事終わった。客席が六十人ほどの規模の会場は補助席を足しても溢れるほどの満席で、その中にショーンのガールフレンド達の顔も並んでいた。菜々子は吉良より〝空手舞い〟を演じるショーンの方が心配だったが、ショーンは落ち着いていて幕間の照明下、白の道場着で登場し、掛け声と共に空手の所作を連続して行うと一礼して退場した。あっという間だったが上々である。

舞踏の舞台に空手の所作が必要なわけではない。菜々子はショーンに、空手を道場とは別空間で演じてもらい、会場の空気を変えてくれればよかったのである。空手は、米国で精神を病んでいたショーンの心を解放し、来日のきっかけともなった経緯があり、ショーンにとっては記念すべき一日となった。

菜々子が吉良のために協力すべきことは、この日終わった。あとは彼に三度目の妥協無しの別れを告げることである。一番厄介でリスクを伴う一仕事を思うと、気は重かった。ところが、それからまもなく菜々子に思わぬ朗報が舞い込んできたのである。

　その日、菜々子が夕飯の支度にかかっていると、ショーンがドアを開けて現れ、炊事場に近づいてきた。いつものぶらぶらした感じではない。

「ナナコ、聞いてくれ、良い知らせだ」

　彼の話によると、あれからガールフレンドのケイトが英国のTV局で働くシンシアにイベントのフィルムを送ったのだという。

「シンシアはボスに、日本人の面白いダンサーがいるから紹介したいと言って、あのフィルムを見せたんだ。ボスは飛びついてきた。えらく気に入ったらしい。吉良をロンドンに呼べないかというわけさ。ナナコ、彼をロンドンに行かせる気はないかい？シンシアもいるし、身の回りのことはケイトが面倒を見ると言ってる」

「やったね！」　菜々子は言った。

「吉良は喜ぶと思うわ。ただ、まあ…すぐってわけにはいかないと思うけど。今夜にも彼に話してみる。ありがとう、ショーン」

「僕もいい話が来て嬉しい。うまくいくよう願ってるよ」

　ショーンはそう言ってニッコリした。

菜々子は勢い込んでフライパンの中身をひっくり返し、派手にコロモを叩いて荒っぽくお好み焼きを仕上げると部屋に戻り、普段の倍の速さでそれを平らげた。頭の中では、もう吉良をロンドンに飛ばせていた。このチャンスを逃す手はない。慌てず落ち着いて吉良に話をし、説得しなくては。菜々子ははやる気持ちを抑え、コーヒーを入れ、タバコを一服しながら考えをめぐらす。時計を見ると、八時である。「よし！」と声を出してから菜々子は吉良に電話をかけた。

「フーン」　受話器から、吉良の気の無さそうな声が聞こえた。

「俺、ロンドンになんか行きたくない」

菜々子は一瞬、目の前が暗くなった。早くも暗雲が垂れ込め、船が座礁しかかっている気がした。

「何でさ!?　こういうのをチャンスって言うのよ。逃したら、もう同じ話は二度と来ないと思うわよ」

「うーん…菜々子が行くなら、行ってもいいけど」

「何言ってるの！」　菜々子の声は大きくなる。

「私が行ってどうするの？　あなたに来た話でしょうが。日常生活に関してはケイトが面倒を見てくれるし、シンシアもついている。皆が…」

「俺、一人じゃ行きたくない」

菜々子は落胆する気持ちをこらえ、声のトーンを落とした。

「私、実は来年、インドへ旅行する予定なの。インドは広いし、長旅になると思う」

「……」

「ロンドンにタケルがいればさ、トルコ経由でヨーロッパに寄ってみてもいいかなと。陸続きだものね。サトも来年パリに行くらしいわよ。彼は喋れるから、いざという時は助けてくれると思う」

「……」

「このままだと、あなた行きづまるかもよ」

菜々子の言い方は脅しがかってくる。少々言い過ぎたかと思った時、

「考えとくよ」と、元気のない声が聞こえた。

受話器を置くと、菜々子はフーっとため息をついた。最終的に彼が拒否するならそれまでだが、拒否したところで彼に希望が生まれるわけではない。菜々子は海外に逃

げて行く。一旦離れてしまえば、菜々子のことだから先がどうなるかわかったものではない。結局、微かな希望にすがって彼はこの話を受け入れるだろう。菜々子はそう思った。

翌週の日曜日、午後四時を過ぎた頃、気がつくと空に不穏な暗灰色の雲が一面に垂れこめ、辺りが暗くなった、と思うやポツポツと雨が窓ガラスに雫を投げてよこす。雨足は見る間に強くなり、雨音と共に本降りとなっていった。

この日、菜々子は外出せずに午前中から法律文の直しをせっせと進めていた。何重にもとぐろを巻いた悪文の読み取りにも慣れ、作業は前より早く進んで行った。当座の目標が資金作りなので、菜々子は先のことは考えないようにしていた。早くここを出たい。新生児のようにフィルター無しにこの世界に驚く自分が欲しかった。

夜に入ると、雨は霧雨に変わっていた。菜々子の思惑を嗅ぎつけたかのようだった。ドアに何かがゴツン、ゴツンと二回当たる音がし、それきり途絶えた。菜々子は聞き耳を立て、「誰?」とドアの方へ問いかける。何の音もしない。時計を見ると、十一時を少し過ぎていた。

ベッドから降り、ドアの隙間にそっと耳をつけた。ドアの後ろに誰かがいる気配がし、鍵穴を覗くと黒く塞がっている。吉良に違いない。こんな以て回ったやり方をして…菜々子は舌打ちをしたくなる。無視すれば、一晩中これを続けて菜々子を眠らせまいとするだろう。

「今、鍵を開ける」

応答のない相手に声をかけ、ドアを開けた途端、菜々子はヒャッと飛び上がりそうになった。顔を伏せた吉良が直立していた。全身ずぶ濡れで左腕の脇に閉じた傘を挟んでいる。足元には水たまりができていた。石みたいにカチカチに直立している。彼は棒になるのが得意なのである。

「どうしたっていうのよ?」　菜々子は苛々しながらも吉良が薄気味悪く、部屋の中から距離を置いて訊ねた。直立した溺死体の演技は無言である。

「中に入って」

そう言っても直立体は動かない。菜々子はやむなくその肩に手をかけた。途端にそれは棒状のまま菜々子に倒れかかってきた。ぎょっとして後ずさりしながらも、菜々子は慌てて硬直した相手に両腕のつっかえ棒をして押し返す。吉良の体は石地蔵かと思うくらい重かった。こんな芝居で脅そうとしていると思うと又もや腹が立ち、突き飛ばしてやりたかった。顎を胸にめりこませたまま口元が動き、何かムニャムニャ言っている。

「何を言ってるんだか聞こえないわよ」

「テツガクドウ…」

「哲学堂？　それがどうしたの？」

「テツガクドウコウエン」

「ああ、哲学堂公園ね。それで？」

「公園で…首吊った」

「首吊った？　あなた、ここにいるじゃない」

「…死にきれなかった」

「枝が折れたの？」

「……」

「気が変わったわけね」

「……」

ふいにマッチ棒のように折れて床に膝を突いた相手を菜々子はしばらく見下ろした。

（どこまで芝居がかってるんだか。舞台の上でやりなさいよ）

「廊下が水浸しになるから、中に入って」　菜々子は吉良のコートを脱がせ、それを傘と一緒にビニール袋に突っ込み、廊下の壁に立てかけた。

「服を脱いで」

吉良は命じられるままに畳に座って脱いでいく。下着までびしょ濡れだった。菜々子はバスタオルを吉良に放り、続いて自分の古いパジャマを引っ張り出して、毛布と一緒に放った。吉良の惨めったらしい恰好を見ても、同情する気は起きなかった。


体を拭き、菜々子のパジャマを着ると、吉良は毛布にくるまってストーブにいざり寄ってきた。菜々子はベッドに座り、黙っている。坊さんか祈禱師を呼んでお祓いをしたい気分である。巻いた毛布の下からもぞもぞと片手が現れ、ストーブの熱にあずかろうと伸びてくる。その掌が二、三度裏返された。するとなぜかその仕草が菜々子に強い嫌悪感を引き起こした。死ぬ気なんかこれっぱかりもないくせに…。

「俺は、機械が好きなんだ」　吉良はベッドの下に押し込まれた扇風機を触りながらボソっと言う。

「機械は、人を裏切らないから」

菜々子は煙を吐いた。タバコの火が指先を熱く焦がさんばかりに迫っていたが、気がつかない。吉良の手が伸びて菜々子の足のふくらはぎに触れた瞬間、菜々子は反射的に足を引いた。彼が初めて不躾に菜々子の足に触れた時のように。

「あなた、前に彼女を捨ててきた人でしょ」

菜々子は灰皿で燃え尽きたタバコをもみ消すと言った。危ないと思っても、もう自分にブレーキがきかなくなっていた。

「私はボタン一つで動く機械じゃないのよ」

「……」

「あなたと結婚する気はありません」吉良を見据えたまま菜々子の言葉が続いた。

「この話はこれでお終いよ。ここに何回来ても私の気は変わらない」

じっとストーブを見ていた吉良の上体が震え始めた。その震えはしだいに激しくなっていく。食いしばった歯がガチガチ鳴っていた。オコリのように始まったその震えは恐ろしかった。

この〝演技〟は彼の実体でもあった。誰よりも忠実に彼の内臓世界を映し出し、この世へと橋渡ししてくれる唯一無二のものであった。誰よりも〝かわいい〟彼の心と彼の肉体という衣装は、一体化していた。

吉良は毛布をはねのけ立ち上がった。菜々子はすばやくベッドから降り、ストーブの火を止めた。吉良の顔は変わっていた。彼の内側で何かが入れ替わったのだ。（ジュン、間に合わない）その思いが菜々子の頭をかすめる。ジュンは今、自分の部屋で一人眠っている。何も知らずに。こんなものだ。

菜々子の古パジャマが音を立てて破かれ、ボタンが飛んだ。吉良の上半身がむき出しになった。（そら、来た！）菜々子は身構えながらじりじりとドアに向かって移動して行く。

吉良は飛びかかってきた。菜々子はその手を肘で振り払い部屋の外へ逃れようとしたが、吉良に突き飛ばされショーンの部屋のドアに体を激しく打ちつけた。中からショーンの咳払いが聞こえた。呼べば、彼はすぐに飛び出してきて助けてくれただろう。だが、菜々子は彼をこんなことに巻き込む気はなかった。

取っ組み合いが始まった。菜々子は膝と肘を使って身を防いだが、吉良を引き離せないままもつれ込み、ウキノさんの部屋の引き戸に激突した。菜々子は背中と後頭部を強打し、戸は外れかかった。

（ウキノさん、ごめん！）

菜々子はカッとして吉良の腹を蹴ったが、それてしまった。取っ組み合いがあまりに激しいので、階下で誰かがドアを開ける音が聞こえた。階段から突き落とされまいと菜々子は手すりに片腕をかけながら階下に逃げようとしたが、途中で腕が外れ、二人は組み合ったまま階段を四、五段ばかり転げ落ちて行った。（これで私も札付きになるだろう。構うものか）転げ落ちながら菜々子は思った。

「誰か来て！　助けて！」

一階まで落ちた時、菜々子はついに叫んだ。

するとその声を待っていたかのように次々にドアが開き、男達が姿を現した。吉良が手を離した隙に、菜々子は床からすばやく立ち上がった。三人…四人、五人、六人。全員が正面から初めて見る顔である。いずれも顔つきは意外なほど穏やかで〝普通〟だが、腕っぷしの強そうな男が三、四人交じっている。全員が吉良より上背があり、体が大きい。

この中にボクサーが二人いる。菜々子は思った。まともに殴られたら、吉良はひとたまりもなくゴキブリ並みに潰されてしまうだろう。一番奥の部屋から出てきた背の高い男が、遅れてこちらに向かって近づいてくる。六人の男達は吉良を半円形に取り囲んだ。果たして、この予想外の展開に吉良の動きはピタリと止まり、両足が床に貼りついたように動かなくなった。

「おい、おまえ、何やってるんだ！」

一番手前のドアから出てきた男が怒鳴った。がっしりした体つきで、上背はないが肩の筋肉が盛り上がっている。声に太い響きがあり、年恰好は菜々子と変わらない感じで貫禄があった。この男がボクサーの一人なのだろうか？　菜々子に後ろ背を向けたまま、吉良は怖気づいて後ずさりしてくる。

「私は何もやっておりません！」

だしぬけに吉良の甲高い、いかにも間抜けた答弁が聞こえた。菜々子の耳元はカッと熱くなった。こんなことをぬけぬけと言える吉良を、消しゴムで消すようにゴシゴシ頭から消してしまいたかった。

他の男達は一様に押し黙り、チンパンジーでも見るような目つきで吉良を見ている。

上半身が裸で、下は女物の花柄パジャマを穿いた坊主頭の珍妙な男を。こういう相手をどう扱っていいのかわからないのだろう。たぶん、拍子抜けしたのだ。女に暴力を振るっている奴に一発見舞ってノシてやりたかったのに、アテが外れたのだ。

「何もやってないわけないだろう。こっちが助けてと言ってたじゃないか」

貫禄の男はドスのきいた声で菜々子の方を顎で示しながら言った。菜々子は顔を上げていられず、視線を床に落とした。身の置きどころもないいきまり悪さに頭を垂れ、たった今すぐ消え入りたい気持ちである。そして吉良から見えないのを幸い、出口の下駄箱の方へ後ずさって行った。下駄箱は菜々子のすぐ右手にあった。

「皆さん、どうか聞いて下さい！」　吉良の素っ頓狂な芝居がかった声が響いた。

「私は何もやっておりません！」

このあきれた答弁と同時に、吉良はそらぞらしくも六人の男達に向かって哀願するように大きく両腕を広げ、両手を前に差し出しているではないか！

ただただ殴られるのが怖いのだ。六人分の制裁を受けるくらいなら、土下座してお許しを乞い、何なら逆立ちしてトンボ返り、その他できる限りの芸をお見せいたします！　誰かがいよいよ一歩前に足を踏み出したら、彼はそうしただろう。吉良は何だってやる男なのである。

男達はこの見慣れない珍妙な男を黙って見ている。廊下はしんと静まり返り、沈黙ばかりが流れた。こいつはどうもイカレているらしい。彼らは薄々そう気づき始めたようである。もし吉良の踊りを見たら、きっとこういう目つきをするに違いない。

菜々子はもう耐えられなかった。消えるしかない。助けを呼んでおきながら菜々子は下駄箱にパッと飛びつくと、自分の靴を取り外へ飛び出して行った。

Mon seul oesir（わが唯一の望み）

一九七〇年は残すところ一か月余りとなっていた。菜々子はジュンが探してくれた新しいアパートから出勤し、夜は法律文直しや少女漫画の筋書きアルバイトに時間を充てていた。

日曜の午前中にはシマの部屋に出かけるか、シマの方が菜々子の部屋にやって来る。いざ始まると物語は一週ごとに目まぐるしく変転し、先の見えないごたついた物語になっていった。二人共、結局好き勝手に書いているだけなのである。

「編集者がね」と、ある日、シマがクスクス笑いながら言った。

「今まで読んだものの中で、こんなに次がどうなるのかさっぱり見当がつかないのは初めてだって言うのよ」

「フフフ、変に思ってるわけ？」

「なに、だいじょうぶよ」

シマはこともなげに言う。それからシマは、吉良が菜々子の移転先を知ろうとして周囲の知り合いに聞いて回っていると菜々子に伝えた。脱帽するほど執念深いと言うより、即刻、精神科に入院させた方がよさそうだった。


十一月も後半の週に入っていた。その日、なぜかシマは朝の九時半頃やって来た。

「あら、今日はずいぶん早いじゃない」

ドアを開けて菜々子が言うと、シマはものも言わず部屋に入ってきて、手にした新聞を菜々子の机の上にポンと置く。けげんに思いながら見ると、一面のトップに作家M氏の名前と自衛隊に乱入等の文字が目に入り、続いて正視できないような写真が目に飛び込んできた。菜々子はしばらく立ったまま記事を目で追い、シマはその間沈黙していた。

少女漫画の話はどこかに飛んでしまい、菜々子は喋る気がせず黙りこんだ。頭の中は混乱していた。話をしないままシマにコーヒーを出した。シマも黙ってコーヒーを飲み、タバコを一本吸うと、

「じゃ、あとを頼むね」と原稿を机上に残して帰って行った。

菜々子は作家M氏の小説を一冊半しか読んでいない。半と言うのは二冊目は半分も

行かないうちに読むのをやめたからである。

初めて読んだ一冊目の彼の小説は、話の筋を追いながら最後まで一気に読んだのである。暗い情熱を引きずった主人公の心理と彼の不幸な物語に引き込まれていったからである。読後、彼の中のブラックホールである恐ろしい虚無に、人生が抗いようもなく呑まれていく救いのないイメージが残った。

菜々子は主人公がかわいそうでならなかった。そしてこうした小説を書いた作家M氏も、くり返し哀しく激しく恋するだけで、愛から排除されたまま生きてきた人に思えた。その後二冊目を読み始めた時、菜々子の心はM氏の虚構世界と主人公の心理描写に疲れ始め、やがて〝不可解〟の石につまずいて読むのをやめてしまったのである。

以来、M氏に対する関心は薄れ、彼は時折聞こえてくる派手なパフォーマンスぶりで耳目を集める作家というイメージが菜々子の中で定着していった。

M氏が一時、教祖の公演を観た帰りに稽古場に寄って歓談していったという話は耳にしていたが、それは菜々子が稽古場に出入りする少し前のことで、菜々子は一度もM氏の姿を見かけたことはない。

「あの人、最近どうもやってることがおかしいのよね」

ある日、学生食堂でクラスメイトのマリコとランチ定食を食べていた時、彼女は言った。M氏のことを彼女は「あの人」と呼んでいた。マリコはM氏の熱烈なファンなのである。菜々子は黙々とランチ定食を食べていた。マリコはグラスの水を飲むと、グラスの底を食堂のテーブルにガチッと当てて戻した。誰が見てもわかるくらい不機嫌を溜め込んで膨らんだ顔をしていた。

「ボディビルをやるようになったあたりかなァ。あの頃からどうも変なのよ」

しばらくして彼女は言う。不満げに眉根を寄せ、母親が息子のことで心を曇らせているみたいである。

「マッチョになりたかったんでしょ」

菜々子は言った。M氏に関心がないので、その程度の感想しか出てこない。

「ボディビル自体が悪いわけじゃないよ。だけど、あんな裸の写真なんか出してさ。作家なのに、何考えてるんだろうと思って」

菜々子は漠然と作家M氏はそういう人、つまり自分の外形の美に強いこだわりのある人だと思っていた。それにほとんど裸体に近い男性ダンサー達を見慣れているせいか、男性作家が脱いで見せたところで何の感興も湧かない。

「それよりアレよ」マリコは続けた。

「制服なんか作って、妙な会を作ってさ」

声が大きくなり、マリコは又水を飲み、グラスをガチッと戻す。

「何をやってるのって、あの人！　あれが通用するわけないじゃない。本気だとしたら絶対おかしいよ！」

「うん…何考えてるのかね。私もわかんない」

マリコの剣幕に押されて仕方なくそう言ったものの、彼女のような怒りは湧いてこなかった。興味がないのだから仕方ない。菜々子が口をモグモグさせながら言ったのが気に障ったのか、彼女はそれきりむっつり黙ってしまった。お軽い菜々子を相手に喋ってもしようがないと思ったようだ。


その日一日中、菜々子は沈うつな気分を引きずったまま、何かをする気も起きず、シマの原稿も手に取らなかった。どれほど才能に恵まれた作家であっても、日本刀を抜き情死の相手さながら一人の若者を道連れに自害した異常さを、菜々子の心は受け入れることができなかった。そして、彼の指示に従った男達の行動にもゾッとしたのである。

ＴＶニュースで事件の映像を見ていた菜々子の胸は重苦しく、ドキついていた。バルコニーに姿を現した彼の熱弁は半分ほどしか聞き取れなかった。なぜ死ななくてはならないのかわからなかった。なぜ生きのびて別の方法で戦おうとしなかったのか。そもそも彼が一般の自衛隊員達に決起を呼びかけたことに強い違和感を覚えていた。


菜々子には自衛隊出身の歌手や芸能関係者と同じ舞台を踏み、同じ宿に泊まって話をする機会があり、又、仕事の途上でたまたま列車に乗り込んできた海上自衛隊の若者の一人と話す機会があった。彼はトイレに行くふりをして、こっそり菜々子の隣に移動して座ったのである。彼は班長だった。隊員の一人が先刻、列車の停車中にホームから逃げたと言う。

「見とかなあかんのや」と言った。

「首吊りやられるよりマシやけどな。あれはアカン」　彼はつけ加えた。新入りの隊員は苛めの洗礼を受けるので、中には耐え切れず自殺する者がいるからだった。彼は胸に溜まった思いを休むことなく喋り続けた。彼らの考えや生き方と、Ｍ氏の美意識や思想との間に接点を見つけることは難しかった。彼らは一様に貧困層の家庭出身で、訓練は死ぬほどきついという点で一致していた。

M氏は実際、彼が恋慕する〝絶対神〟と添い遂げる覚悟だったのだろうか？　現実的には存立不可能な存在と？

TVに映った彼は悲痛の人だった。まるで十三歳の少年のように世離れして映り、痛々しく見えた。彼の主張と論理が哀しくもむなしく迸りながら宙に散っていくのを菜々子は感じた。現実味が感じられなかった。決起を促すには彼の言葉は走り過ぎており、バルコニー上で一回で人を説得するには無鉄砲と言えるほど時間が短か過ぎた。自分は「四年待った」という彼の〝四年〟は、〝一般隊員達の四年〟を意味してはいない。

バルコニーは彼の崖っぷちだった。足下の自衛隊員達が彼の呼びかけに呼応するどころか理解すら及ばず、彼に怒声を浴びせる状況を待つまでもなく、彼のクーデターが失敗に終わるのは目に見えている事ではないのか？　それなのに、なぜ？

その様子をTVで見ながら、菜々子の中でこうした疑問がぐるぐる渦巻いていた。

（炎上する生の一瞬のさ中で終わりたい）

結局、菜々子が作家から受け取ったメッセージは、それだった。彼の小説に流れる基調と同じである。彼は遺書のように小説を書き、その虚構世界の設定通りに去って行った。そんな風にしか思えなかった。菜々子はあの葵荘の男達のことを思った。この事件の主人公と彼らとの距離、地球と木星ほどの距離を思った。人間と北極熊ほどの〝絶対距離〟を思ったのである。彼らは皆、この世を生きようとしている。それ以外に生きる場は無い。

M氏は〝悪〟についてこう書く。

『悪の最も明瞭な特徴は、この日常、この現実、この世界から離れようとすることである。……その最も純粋な表れは、非現実と非存在への志向である』

M氏という〝悪〟に向かった魂を思う時、また自ら墜ちて沈黙の海に消えた幾多の心を思う時、菜々子はこの〝絶対距離〟にぶつかるのである。そして、その人とどれほど近くにあっても現世に引き戻せなかった悲しみは、何十年経とうと新たな傷のように我々の胸に疼く。菜々子にとっては、M氏とてその例外ではなかった。M氏を四十代半ばの一人の人間として初めて生々しく感じたからである。

グッバイ

十二月も残り少なくなった頃、ショーンから手紙が届いた。ロンドンのケイトからの手紙で、吉良の考えを確認し、ＯＫならケイトの住所宛に知らせてほしい。ダメならこの話は忘れるという内容である。吉良がシンプルな英文でも正確に理解してくれるか心もとなく、菜々子から説明してほしいと言われ承諾した一件である。

この件については、手紙をシマに託せば済む。面倒でもこれを片づけてしまおうと思った。だが、手紙を書く段になり菜々子はハタと気づいた。住所の無い事務的な通知を見て、吉良がロンドン行きの話に乗るとは思えなかった。彼が菜々子の実家に手紙を出したり、まだ菜々子の行方を捜している様子が耳に入っていた。ロンドンのことなど今は念頭に無いかも知れない。考えた末、菜々子は思い切って吉良に会い、ロンドン行きを説得した方がいいと思い直した。

夜になって吉良に電話するとすぐ本人が出た。

「もしもし、私。神原です」

「あ、ハイ、ハイ。あ、どうも。ハイ」

「ショーンから手紙が来て伝言を預かっているの。例のロンドン行きの話」

「あ、ハイ、ハイ」

「その件について話があるんだけど、出てきてもらえる？」

「あ、ハイ、わたし行きます、行きます」

「土曜の午後一時にお茶の水の喫茶店『J』に来てくれる？」

「あ、大丈夫です。私、行きます、行きます」


吉良は思いがけない電話に慌てているのか、落ち着きなく同じ言葉を繰り返す。そのダミ声を耳にした途端、菜々子は最近忘れていた不快感がぶり返してきたのである。あらためて自分がこの声を最後まで好きになれなかったと思った。もしかするとその逆で、吉良が嫌いだから、その声も嫌いになったのかも知れない。もう枯れた老人を相手に喋っている気がした。菜々子は声の良い男に魅力を感じるタチなのである。

その日、喫茶店「J」に五分遅れで入って行くと、吉良は店の奥のコーナーに座っていた。前屈みに座っているせいか、前より小さく縮んで見える。菜々子は無表情のまま無言で吉良と向かい合った。吉良も硬い表情である。葵荘で取っ組み合いをして以来である。

菜々子はバッグからショーンの手紙と日本語文の便箋を取り出した。吉良に向かって話しかけようと顔を上げた途端、彼はふいに小娘のように両手で自分の頬を押さえ、恥じらうように顔を隠した。菜々子は半分呆気に取られながらも、顔は鉄仮面である。あれだけ暴力を振るっておきながら、その相手の前でよくこんな真似ができるものだとあきれてもいた。吉良の中には小児と悪魔と狂人が住んでいる。

「これがケイトからの手紙。前にも言ったと思うけど、断ればもうお誘いは来ないわよ。私はあなたは行くべきだと思う」

「……」

「私は、来年の春にはインドに発つの。シマから聞いたと思うけど、一年分の滞在費を貯めているところ。あと少しってとこね。もしあなたがロンドンで活動していれば、そこまで足を伸ばしてみるかな。社会見学に」

滞在費云々は嘘である。菜々子はインドを一年もうろつく気はないし、ヨーロッパに寄る気もない。菜々子が短期間で旅を切り上げ帰ってくるとなれば、吉良がロンドンに向かうはずはなかった。吉良には少なくとも向こう五年から十年間は外地に滞在してもらいたい。むろん永住がベストである。吉良は何を思っているのか。未だにどうしていいかわからないのだろう。一人で行く勇気がないのだ。菜々子は鉄仮面からやや表情をやわらげた。

「サトも来年パリに行くから、助っ人になってくれるって。ショーンだって一人で日本に来たじゃない。思い切って向こうで頑張ってみたら？　結果はともかく、頑張った経験は今後に生かせるはずよ」

「…考えてみるよ」

やっとボソリと吉良は言う。

「もう年末だから早急にショーンに返事しないと」

「わかったよ」　彼はそう言って、片手で顔を撫でた。

「板橋の方に越したんだろ？」

「誰がそう言ったの？」

菜々子はぎょっとして聞いた。

「運送屋に聞いた」

「え？　…葵荘の近くのあの運送屋？」

「そう。でも、住所までは教えてくれなかった。それで看板を作ってあそこの駅前に立ってたんだ」

「看板？　何の看板よ？」

「訊ね人の看板だよ。この人を知りませんか？　神原菜々子という名前の人を探していますと書いた板に棒をつけて、手に持って駅前に立ってた」

「……」

「どうしたんですかって聞いてくれる親切な人がいて、この名前の人が急にいなくなって困ってるんですと言ったら、それは大変ですねって同情してくれた」

菜々子は吉良の顔をまじまじと見たが、ふざけているわけではなさそうである。やっぱり、おかしい。菜々子は目をそらせた。

喫茶店を出たところで菜々子は、吉良に向き合った。

「私、この後予定があるので、ここで失礼します」

「あの…住所を教えてもらえないかな」

「お元気で」

菜々子は頭を下げると吉良に背を向けた。それが彼の姿を見た最後だった。

実家を出て以来、一つの季節が終わったのだ。菜々子は寂しくもあった。ダンスをやめ、教祖にも会わなくなっていた。彼は「作劇し、踊る人」から「作劇し、振りつける人」に変わっていた。菜々子にとって最大の魅力であった彼の変革精神は、この頃、己の業績を記録に残そうとする方向に向かっていたようである。彼の徐々に衰弱していく肉体が、彼をこれまでとは異なるステージに連れて行こうとしているようだった。

半年ほど前、稽古場に寄った時、着物姿の彼が一人、書斎から現れた。
「俺さ、この頃本を読んでいても進まないんだ。ふっと気がつくと同じページのまま一時間経ってるんだよ」
教祖からこんな言葉を聞かされようとは、思ってもいないことだった。

片や、菜々子のもう一方の目はO師という例外的な存在を見ていた。教祖がかつて「O先生は天才だからね」と菜々子に念を押すように言ったその師を。彼は季節や時代の潮流をよそに、大河を一人ゆっくりクロールで進む泳ぎ手に映った。

1971年　菜々子の手紙

菜々子は三月、日本を発ち、七月半ば、想定外の理由でアフガニスタンから急遽帰国した。

帰国すると実家に吉良から手紙が届いており、菜々子の机の上に五通置かれていた。どれもロンドンからである。もう前世紀の手紙に思えた。菜々子は吉良のことを完全に忘れていたのである。旅行中、一度として思い出すことさえなかった。今更読む気も起きず、菜々子は五通の封筒を輪ゴムでくくり、生ごみ用のボックスに押し込んだ。

雑務が山と控えていた。母親は入院中で、菜々子は家と病院の間を往復しながら実家に身を置いていたが、母親の容態が回復すれば、再び実家を出るつもりである。仕事を探さなくてはならない。父親との距離は相変わらず縮まることはなかったが、以前のように恐れる気持ちは薄れていた。親しくもない他人とたまたま同居している感じである。一つには母親不在の日々で、彼は菜々子に頼らざるを得ず、力関係が以前とは微妙に変わってきていた。

吉良の手紙はその後も届き、翌年に入ってもまだ続いた。十通目の手紙が届いた時、菜々子は根負けしたようにその封筒を手に取った。うまくいっていない…。こんなに度々手紙が来るのは、その証拠に思えた。ヨーロッパの地でそう簡単に生活が定着するはずはないから当然にしても、手紙が多すぎた。

手紙を読み終えた後、菜々子は机の前でしばらく考えていた。吉良が現状を打開できぬまま追いつめられたとしても、自殺するような男ではないし、菜々子が責任を負う必要もない。が、彼が脳神経に異常をきたす可能性はあった。（後味が悪い…）そう思った。日本語を送ることならできる。異国で受け取る母国語の力は大きい。頑張らせるしかない。菜々子は便箋を取り出し、吉良に手紙を書き始めた。

・・・・・・・・・・・・・・・・・・・・・・・

『タケル、私は重装備のトレッキング等には興味がないのです。私は自分の両肺と二本の足の装備だけで山を登るチベットのシェルパが好き。アスファルトや石畳ではなく、地面に直接触れて歩くスタイルが。

シェルパのテンジンは地上最高峰の山を〝征服〟も〝制覇〟もしなかった。そんな途方もない馬鹿げた考えが彼の頭に浮かんだことは、一度もなかったと思う。彼はただひたすらチョモランマ（エベレスト）に〝従いながら〟力の限り登ったのだと。

私がヨーロッパに向かわなかった理由を誤解しないで下さい。そもそも私は異国人や異国文化から何かを吸収したいという積極性に欠けていたし、乱暴な言い方をすると、〝人間〟から何かを学びたいとは思っていなかった。たぶん私は、北極熊に会いたくて北へ向かう人の気持ちがよくわかるタイプの人間だと思う。

もちろん両手に何かをしっかり摑んで帰る目的有りの滞在は必要だし、タケルがダンサーとしてヨーロッパに行ったことも良かったと心から思っています。

実は、短い旅で私が見聞きしたことをあなたに報告するつもりなどまったくなく、手紙を出すつもりもなかった。それなのに今頃なぜ書くの？

タケルはただ私を所有したかっただけで、実のところ私という人間にはまったく関心がなく、未だに私のことはほとんど何も知らない。愛情にはふつう理解が伴うものなのに、驚くばかりそれが欠けていることに改めて気づいた次第。

それに引き換え、この私はいったい何だったのかしら？

私はタケルを嫌い、憎んでさえいたのに、なぜタケルを理解しようとしたり、あるいは理解したと感じたことさえあったのか不思議。タケルに対する一片の愛情があったとすれば、それはタケルを理解しようとしたことだったのかも。それについて、あなたは今少し思い返してみるべきではないかしら。

もう一つの理由。私は最後にあなたに嘘をつきましたね。タケルをロンドンに追い払い、簡単には帰国できないように仕向けた。でも、タケルが私という人間を長らく〝物品〟のように扱い、脅し、人前で実に上品な言葉で私を罵ったり、暴力を振るい、卑劣な嘘を周囲にバラまいて私を苦しめてきたことを思えば、この程度の嘘は御愛嬌というもの！

物事がうまくいかない時は、誰だって気が細る。ロンドンと英国人を呪ったところで、帰国したタケルが日本社会と日本人を呪わずに生きられる保証もなさそう…。この度は嘘でなく本音を送ります。

旅は空に残った風の足跡のようなもの。どこかに行ってしまった幾つかの後ろ姿を、カメラで撮れなかったものを、心に残った少しばかりのエピソード、その時の私の様子を最後に伝えられればと、手紙にします。うまく届けばいいけれど。よかったら最後まで読んで下さい。

カルカッタのヒッピーと

　バンコックに一週間滞在した後、三月半ばカルカッタに着いたその日、私は宿にいたヒッピー達の中で、一番ハンサムで一番安全そうな二十三歳のエドと仲良くなった。宿の使い走りの少年が換金レートをごまかし、私からくすねようとしたのを彼が咎めたのがきっかけだった。

　エドは宿の留守番をしたり、宿泊客の世話をしながら宿に長期無料滞在しているらしかった。初日から私に瞑想のやり方を教えたり、菩提樹の実のネックレスを私の首に結んだり、頼みもしないのに何かと世話を焼き始めた。たぶん（彼から見れば）たっぷり旅行費を持っているらしい日本人女性が、希望の星に見えたのだろう。接近し、親しくなっておきたかったのかも知れない。

　それから一週間ほどして、私が来週にはダージリンに行くつもりだとエドに伝えると、翌日、彼はドミートリー室の私のベッドの傍にやって来て、床に片膝を突いたのである。

「ナナコ、僕もダージリンに行きたい。カルカッタにはもう飽き飽きしてるんだ。僕にダージリン行きの切符を買ってもらえないでしょうか？」

と、幼い子供のような目をして〝お願い〟をしたのである。

「いいわよ」　私は頷いた。

「代わりにダージリンまで私のガイドになってくれる？」

「いいとも！　お安い御用さ、ありがとう！」

と喜んで、商談成立であった。

三等列車の切符代は私にとってもお安い御用だった。エドは文無しも同然で、残り少ない持ち金を節約する必要があったのだ。ダージリンまでガイド付きの運賃だから格安料金で、私にとっては好都合の相手である。旅の始まりなので私は用心していた。女性の一人旅には何かと危険がつきまとう。彼に同行を頼んだのはまったくもって正解だった。

カルカッタの駅は大群の避難民みたいなインド人達でごった返していた。二人がどっと押し寄せる乗客の群れに交じって列車に乗り込むや、車内に突入した彼らと座席の争奪戦が始まった。大変な騒ぎで、檻の中に猿と犬の群を一緒くたに投げ込んだような具合である。エドは殺到するインド人達を押しのけ、猛烈な舌戦でわめき合い、敵のしつこい手を撥ねつけ、肘でひたすらガードしながら窓際に二人の席を取ろうとした。

「ナナコ、早く座れ！」

エドに怒鳴られ、私は慌てて飛び込むようにシートを〝占拠〟した。三等列車の狂騒曲に唖然としてすくんでいると、向かい側に座ったエドは何も言わず笑ってみせた。（驚いたかい？　まあ、こんなものです）と、その顔は言っていた。安宿にいた時のノンキそうな彼とは打って変わったタフガイドであった。旅は順調に始まったのである。

ダージリンまでは思ったより長旅で、私は一度、乗り換えの際にエドとはぐれてしまった。何しろ乗客が多すぎて、ぶつかりながら歩くうち互いを見失ったのである。車中を探し歩いていると、男女ペアの白人旅行者から「彼が君を探していたよ」と声をかけられた。そこで彼らと立ち話していると、通路の向こうからあたふたと急ぎ足でやってくるエドの姿が見えた。ガイドなのにミスをやってしまい、慌てたらしい。

ダージリンに着くと、中央郵便局に彼の父親からの送金と彼の友人からヘッセの本が届いていた。本の見開きには〝P35〟と記され、周囲を糊づけしたそのページのポケットにはドル札が挟んであった。これで一安心である。エドは喜んで興奮気味だったが、父親からの送金封筒に手紙が入ってなかった為、少なからず傷ついている様子だった。

「どうしてなんだろう？　いつも必ず手紙が入ってるのに、カネだけだなんて。こんなことは初めてなんだよ」

と、顔を曇らせる。テレビ局で働く父親を彼は尊敬していて、父親が仕事の功績でエリザベス女王から栄誉の勲章を授与されたことを誇りに思っていた。彼は缶入りの紅茶を買うと父親に送った。

私には、エドのこうした面が意外でもあった。学校を卒業してインドを三年ほど放浪している（と彼は私に言った）息子に、時折こうして旅費を送金してくれるとは、何と寛大というか甘いパパなのだろうと。インドでの生活費が英国でのそれとは格段に低額で済むにしても、親子間に愛情と信頼がなければ続かないだろうと思えた。

ダージリンの街を囲む山の斜面には一面茶畑が広がり、日本の茶の産地を思い出させた。平地から小高い山の方へ上って行くと、小さなトイ・トレインが、文字通り玩具の豆汽車のように遠く山間を縫って走って行くのが見えた。霧は絶え間なく現れては、山の斜面をゆるやかに這って行く。動くものと言えばそれしかない静寂の中に街が眠って見えた。

ここは元々チベット系の仏教国だったという。チベット人が多い。チベット難民センターがあり、中国のチベット自治区から逃げ出してくるチベット人達の話を耳にしていた。

朝、目覚めて何気なく窓を開けると、いきなり真っ白な濃霧が迫ってきて、一寸先も見えない時があった。そんな時、私は知り合って日の浅いエドと共に世界から切り離され、白い海底に沈んでしまったような気がした。霧は何とも知れず旅する心を憂愁へと誘う。濃霧に閉じ込められた宿で、二人はひっそりと甘く濃いミルクティーとカリカリに焼いたトーストの朝食をとった。宿のネパール人らしい男が、毎朝七時に朝食を盆に載せて運んでくる。ダージリンティーは新鮮で香りが強く、甘く濃いミルクティーは毎日飲んでも飽きなかった。

宿泊費節減のため、二人は当初二つのベッドの位置を離してセットされた広めの部屋を借りてシェアしていた。が、ほどなく駅に近くてもっと宿泊料が安い宿があるという情報が入り、そこを引き払うことにした。ところが、その安宿に着いてみると、ダブルベッドが一つの部屋しか空いてないと言う（他の部屋が空くまでここで待てるならという話だった）。最初の宿から荷を背負って結構な距離を歩いてきたのである。今更、元の宿に戻る気も起きない。

「どうする？」　エドの顔を見上げて聞くと、

「僕はいいよ」という返事である。

結局、宿代を優先することにして、エドと私はその晩からダブルベッドで一緒に寝たのである。もちろんこれは相手がエドだったからで、他の男だったら論外な話。とはいえ、エドとて男…。

「ナナコ、□□□という言葉を知ってる？」

エドはベッドに座った私の傍らに寄り添うようにして聞く。

「知ってるわよ」

「僕、女の人と□□□するのが好きなんだ」

「ああそう」

「…僕とどうかな？」

「それはやめた方がいいと思うわよ」

「どうして？」

「私が妊娠したら、エドは私のお腹の赤んぼを引き取って育てなくちゃならない。私、避妊具を持ってないの」

「……」

「どうする？」

「今のは、冗談だよ。…ちょっと言ってみたかったんだ」

「ああそうなの」

彼はハシシを詰めるパイプを磨き始めた。

「君が異国人だという気がしないんだ。なぜだかわからないけど」

彼はうつむいたまま言った。大男のエドは意外なほど繊細でシャイな面があり、わずかなことでパッと赤面し、自分の気持ちを伝えるような時はうつむいた。

いざ寝る段になって仰向けになった途端、彼はベッドのヘッドボードに頭を打ちつけることになった。彼の体はベッドに入り切らなかった。

「クソ！　ベッドまでひとを締め出しやがって！」

エドはそう言いながら笑い出した。笑うしかない。彼は切り替えが早く、あきらめて私に背を向けると丸くなった。

「Good night」

私は彼の背中に言った。

虎

二人がチベット人達の店に向かってぶらぶら近づいて行くと、路上にいた大勢のチベット人達が次々に顔をこちらに向け、私を穴のあくほどまじまじと見始めた。彼らは欧米人の観光客は見慣れていても、容貌が自分達に似た女がエドと連れ立って歩いていることに驚いている様子だった。彼らはそこで素朴な民芸品や食品を観光客に売っていた。

ダージリンには僧院を除けばこれといって目立つ歴史的建造物もなく、私には退屈だった。欧米の観光客はチベット人達の〝素朴な生活〟ぶりに平和なアジア的原郷を見ていたのかも知れない。ここは観光客の避暑地になっているらしい。

二人が動物園の前を過ぎてまもなく、思いがけなく狭い檻に入れられた一頭の虎に出会った。虎は二人を見るや口をカッと開け、まっしぐらに飛びかかってきたが、すぐに鉄格子に阻まれ、もの凄い声で咆哮した。私は檻から思わず飛びすさった。格子に手を掛けていたら間違いなく深傷を負ったと思う。檻は、犬でも入れているつもりなのか、道路脇に直に設置されていた。

虎は絶えず唸りながら、くり返し二人をめがけて襲いかかり、その都度、鉄格子に阻まれ狂ったように咆哮する。それはまったく人を寄せつけない野生に輝くシベリアンタイガーだった。燃えるような両目は見るも恐ろしく、魅入られるほど妖しい光を放っていた。狙った獲物を一撃で倒し、一瞬のうちにズタズタに引き裂いてしまう奴である。

虎をこんなに間近に見たのは、むろん初めてである。私はこの怒り狂う孤独な生きものから目をそらせた。見ていられなかった。彼が死ぬまでこの狭い檻から出られず、舌を噛むこともかなわないなら、いっそひと思いに銃殺してやるべきなのだ。よもやこんな場所でこんな虎に出会うとは！ お陰で、到着二日目にして私のダージリン評価は最低ランクに落ちてしまった。

私はそもそも動物園が好きではないし、動物に敬意を払わない人間は嫌いである。猛獣や象を見たければ、代価を払って自分の体の方を運ぶべきではないか。広大な平原に生きる彼らを麻酔銃で撃って捕まえ、ロープで縛り上げ、輸送し、狭い檻や地面

の切れ端に押し込み〝動物園〟などと称し、ストリップ劇場並みに浅ましくも見物料を取っている

世界中から動物園が失せても退屈する心配はない。我々はもう少しマシな文明人らしい気分転換を見つけるだろう。

早いところ、ここから出てしまおう。そう思った。寒いし、曇天で霧が多く、それも気に入らない。虎のお陰で私の気は変わってしまった。

ダージリンの午後は陰うつに暮れていった。馬上のインド人が太鼓腹を揺らしながら近づいてくる。馬の手綱を引いているのは煤けたような顔をしたチベット人で、これ以上ない程みすぼらしい恰好をしている。衣服というよりボロ布をまとっている感じである。

そしてこの陰うつな夕暮れの路上で、インド人の娘達が数人固まって立ち話をしていた。そこだけパッと花が咲いたように目を惹く華やかさで、絵を見ているようである。まだ十代後半とおぼしき数人の娘達は、それぞれ色鮮やかな原色のストールを首から背中に垂らし、膝丈のワンピースの下から伸びたほっそりした脚をタイツのようにぴったりした原色のパンツに包んでいる。すべてが強烈な原色で、娘達の彫りの深

い浅黒い顔と漆黒の髪の美しさを艶やかに彩っていた。富裕なインド商人の娘達である。

私はこうしたインド人達と馬を曳くチベット人との貧富のあまりの格差に驚いた。それはカルカッタの街で見たインド人社会の貧富の差とは又別の強い印象があった。

旅は道連れ、防犯の面では誰かと一緒の方が安全だし、エドは旅仲間としては実に気楽な相手だったけれど、私は当初から男とペアで旅するつもりはなかった。ところが、それからまもなくエドと散歩中の路上で、私は鶴田君にひょっこり出会ったのである。彼は農業の勉強を兼ねてインドの南部から北上してきたところだった。私は一目で鶴田君に好感を抱いた。それでネパールのカトマンズまで行くと言う彼に同行させてもらうことにしたのである。

鶴田君は見るからに実直そうな東北出身の青年で、話しぶりからして真面目な人柄が伝わってくる人なのである。喫茶店に入ってしばらく鶴田君と私が久しぶりの日本語で喋っている間、エドはお行儀よく黙って座っていた。店を出る段になると、彼は日頃に似合わずさっと財布を出し、二人のお茶代を払ってくれた。鶴田君の前でいいところを見せたかったのだろう。

狭い一室で二人で過ごす夜は、やはり窮屈である。エドはヘッドボードに背をもたれてヘッセの本を読み、私は彼と向かい合わせの恰好で壁に背を凭れ、小さなサイドテーブルを脇に置いて実家やジュンに手紙を書いたりした。ベッドのヘッドボードと壁との隙間はぎりぎりでわずか一センチほどしかなく、ちょうどその空間にベッドを横向きに嵌め込んだ格好である。何かの拍子にエドの足先が私の手に触れると、ビクッとするほど冷たかった。

「足がこんなに冷えてるじゃない！　寒いんじゃないの？」

思わずそう聞くと、

「別に」と言う。大男は寒暖差に対する感度も違うのだろうか？

酷暑のカルカッタと涼しいダージリンとの温度差は大きいのだが、エドの恰好は上半身の違いだけで、腰に巻いた薄地の布は同じである。下着もつけていないようだ。夜は毛布が必要だった。ダージリンに来てからは、彼もさすがに裸だった上半身に薄地のセーターを着こみ、サンダルを履いて歩くようになったが。

外でとる昼食は、たいていホットケーキと紅茶くらいで、朝食と大して変わりはなかったけれど、分厚いホットケーキは私には食べきれなかった。

「それ、食べないの？」とエドは聞く。

「食べきれない」と言うと、彼は即座に私の皿を引き取り、それから毎回、私の食べ残しをきれいにするようになった。

「ボク、日に日に太ってくるみたいだなあ。まあ、いいさ。気にしないんだ」

鏡を前にエドが自分の横向きの腹具合を見ながら言っている。毎日の食べ残しホットケーキ分が脂肪に変わったらしい。私がダージリンを発ってしまえば、彼のホットケーキ分の脂肪も落ちる。私はちらと思った。私の代わりにまた誰か別の相棒を見つけるだろう。それでも、エドに別れを告げるのは、やはりいくらか気が重いことだった。

ダージリンを発つ日が近づいていた。私はまだ一度も行っていない方面の山へ行ってみようと思い立ち、朝の九時半頃、「ちょっと散歩してくるね」とエドに言い置いて一人で山に向かった。その後、私は山中を八時間ほど〝散歩〟することになった。

チベット人

いざ山の麓から登って行くと、思いがけずそこはチベット人達の居住地帯なのか、ボロ着のチベット人の男がふらりと姿を現した。髪はボサボサで、顔が汚れているのか地の色なのか、風呂にも入っていない様子である。こんな所に住みついているのかと私は怪しんだ。チベット人達の中でも最下層の男達なのだろう。掘っ立て小屋が二つ、三つと現れてくる。二畳ほどの小屋が斜面にぽつぽつと立っており、中には更に小さい小屋があった。小屋の後ろからふいと鶏が飛び出してくる。小屋が鶏小屋なのか、彼らの住処なのか判然としない。板壁に隙間が空いてないところを見ると、鶏小屋にしては上等だが、人が寝起きして住むにはいくら何でも狭すぎる。そんなことを思って進むうち、小屋はそれ以上は見当たらなくなり、やがて人影もパッタリ絶えてしまった。

そこは人が全く立ち入らない区域らしく、雑木林の斜面ばかりが続き、腰を下ろせるようなわずかな平地すら見当たらない。サンダルがすべり、立ち止まることも難しい。この分では見晴らしの良い場所などなさそうで、私はすっかり失望し引き返すことにした。町を左手に見下ろしながら登ってきたので、帰りは町を右手に見て下りればいい。単純にそう思った。雑木林の中はこれと言った目印になるものは何もない。

下り始めるとすぐに道は二手に分かれた。登ってきた時は気づかなかった細道で、自分がどちらの道から登ってきたのか早くも怪しくなり、迷った末、町がより近くに見える右の道を選んだ。が、道はすぐに又、二手に分かれた。細道はそんな風に次々に枝分かれするばかりで、何のことはない、枝分かれしない道など無いことにその時気づいたのである。

どれも人一人がやっと通れるような細い道筋ばかりで、それはしだいに勾配がゆるくなり、私の思いをよそにどんどん左に曲がって行き、やがて何と今度は上方へ上がって行くではないか！　更に進むと、その道は「ハイ、ここで終わり」と通せんぼするように雑木林の中で途絶えたのである。町は見えなくなっていた。

腕時計を見ると、すでに十二時を過ぎていた。幹の太い樹は一本とてなく、ひょろりとした木にしがみついても泥土にサンダルはすべり、下の立ち木にぶつかって痛い思いをするだけである。手ぶらで、サンダル履き。腕時計以外に頼るものは何もない。

雑木林の斜面から道筋らしきものはすべて失せていた。時間だけが刻々過ぎて行き、疲れから足が時々よろけた。こうして四時が過ぎ、夕暮れが迫ってくるのがひしひしと感じられた。幸い、熊はおろか兎一匹現れない。

（なに、死ぬわけじゃない。夜は冷えても凍死の心配はない……）が、ここは日本ではない。何かが起きても誰も気づかず、探しにも来ないだろう。何せ広大な山地である。

五時を過ぎたあたりから、気温がぐんと下がってきた。万事休す…。そう思った。五時半が過ぎた頃、私はもう斜面に立っていられなくなり、両膝が震えよろめき始めた。じき六時である。万事休す。もう気絶して倒れるしかないと思えたその時、薄暗い下方の雑木林の向こうに、何と一軒の小屋が見えたのである！

目を疑った。雑木林を切り開いた平地が木立の間に見え、そこにポツンとその小屋は立っていた。山麓で見た掘っ立て小屋ではなく、ちゃんとした木造小屋である。

（もしかして…）一縷の望みを、その小屋につなぎかけた時、まるで呼応するかのように小屋のドアが開き、中からチベット人の若者が現れたのである。私の姿が窓から見えたのだろうか？（助かった！）

その顔を見た瞬間、私は思った。彼がそれまで見たどのチベット人とも違っていたからだ。引き締まった賢そうな顔をしていた。こざっぱりした白いシャツとズボン姿で、髪は短く、ごく一般的な日本人学生と変わりない。キリストが現れた気がした。息を吹き返したように私は坂を駆け下りて行った。

「助けて下さい！」

私は英語で叫んだ。相手に英語が通じることを疑わなかった。二十一、二歳ほどか。落ち着いた様子で駆け寄ってくる私を見ている。明らかに学校教育を受けた若者である。

私は胸の前で両の手を握り合わせ、自分の窮状を訴えた。自分でも少々芝居がかったポーズなのはわかっていたが、自然とそうなったのである。私は自分が長時間、山中をさ迷い疲労困憊していること、山から下りて町に出さえすれば、あとは自力でホテルにたどり着けることを伝えている間、相手が自分を助けてくれることはもう確信していた。

「あなたを案内してあげたいが、僕はここを離れるわけにはいかないんです。近くに道に詳しい人がいるので、その人をこれから呼びに行ってきます。ここでしばらく待っていてください。ただ、近いと言ってもすぐってわけにはいかない。そうだな…二十分かそこらは待ってもらうことになります」

「ありがとうございます！」

私は胸の前に両手を握りしめたまま言った。あまりに嬉しくてそれしか言えなかった。

彼はすぐ小走りに山を下りかけたが、ふと振り返り片手を挙げて制するように言った。

「そこから動いちゃダメですよ。じっとしていなさい。絶対動かないで！」

私は子供のようにこっくり頷いた。完全に幼児返りしていた。彼は、私がおつむが弱そうで心配になったのだろう。それだけ言うと、暗い山の中を駆け下りて行った。

クタクタだったのに、嘘のように体が軽く感じられた。平地に立つと不思議なほど足も体も休まってラクになったのである。彼はチベットの世界から現れたキリストだった。賢そうな顔つきといい、行き届いた気配りといい、どこを探してもこれ以上の〝私のキリスト〟は見つからなかっただろう。英語の発音は正確で、同じ年頃の日本の一般学生より格段に流暢だった。

そこにじっと立っている間、私は小屋のドアが四、五十センチほど開いているのに気づいた。周囲はしんとした雑木林ばかりである。人気のないこんな場所で若者がなぜこの小屋にいるのか不思議だった。どう考えても生活できる環境ではない。もしかして彼はチベット人の難民センターで働く一員なのか？　そして一旦、開いたドアに気づくと、どうしても気になり好奇心が抑えがたくなってきたのである。主の留守中いけないとは思いつつ、私は小屋に近づいて行った。そしてそっとドアを開け、思い切って中に入ったのである。

六、七畳ほどの広さで、ほぼ正方形の部屋である。ベッドがひとつあるだけで、他には何も置いていない。床は乾いた土間で、わずかな凹凸もなく清潔そのものに見えた。タオル一本、見当たらない。窓が二つ。ベッドの頭の方の壁と片側の窓の上方の壁には、額に入った色鮮やかなヒンズー神の絵が掛けられている。ベッドは丈が短いので、足を十分伸ばしては眠れないと思った。後で知ったことだが、チベット人には体を折り曲げて横向きに眠る習慣があるという。そのベッドには荒織りのグレーの毛布が掛けられ、皺ひとつなくベッドメイキングされていた。枕は無い。腹ばいに片膝を曲げて寝るのだろうか？　電灯は見当たらない。夜になれば、窓から差し込む月と星明かりだけが唯一の明かりとなる。

この居室の様子をじっと見るうち、私は何とも言えず胸がいっぱいになってきたのである。二枚のコピーされた絵とベッドがひとつ。これ以上シンプルで質素で清らかな寝室は考えられなかった。そしてそれ以上に、私にはこの空間が何かしら神聖な場に感じられたのである。この小屋は何らかの目的のために、ただ寝泊まりする為だけに作られたのだろう。けれども私には、ここが一人の若者に許された夢見るための小さな宮殿にすら思えたのである。家とは雨露をしのぎ、身を休め、同時に魂を憩わせ蘇生させる器である。少なくとも、そのことを私に想起させるものだった。

私は入った時と同様、小屋から出てドアをそっと元の半開きに戻した。山は暗く、夜に入りかけていた。私はつい先刻まで山をさまよっていた自分を脱ぎ捨ててしまったのを感じた。〝自分〟が軽くなっていた。

やがて息を切らしながら彼は一人の中年のチベット人を連れて戻ってきた。男は山の麓で見かけたような男達の一人に見えた。

「彼の後をついて行って下さい。急がないと足下が見えなくなる。今すぐ行って！」

彼は肩でハーハー息をつきながら言う。山道を駆け下り、すぐ又駆け上がってきたのだ。

「本当に本当にありがとう!!　どうお礼を言っていいか…」

私は月並みな事しか言えない自分がもどかしかった。

「さあ、急いで！」

彼は案内の男の方を示しながら私を促す。男は早くも道を下り始めていた。もう何も言う間はない。私は男の後を小走りに追いながら、最後に若者の方へ振り返り頭を下げた。まだ肩で荒く息をつきながら、彼は大きく頷いてみせた。

その時の私の気持ちを言えば…会ったばかりの相手が、あの清楚な〝魂の器〟で眠る彼が、まるで旧知の人、私の遠い血縁のように思え、同時に彼も又、私の心を読み取ってくれたように感じたのである。暗い山を背に、息を切らしながら仁王立ちでこちらを見ているその姿を振り切るように、私は彼に背を向けた。

男は飛ぶように山道を駆け下りて行く。黒い姿がコウモリのように見えた。勝手知った道なのだろうが、この暗さの中で驚くべき速さである。足音がほとんど聞こえなかった。私は必死で後を追ったが、途中で何度も足を滑らせ、腰を打ちそうになる度に木の枝を掴み、無我夢中で転がるように駆け下って行った。どのくらいの間だったのか。思ったよりも早く麓に着いた気がした。せいぜい十五分程度だったような気がするが、麓に着いた時はもう真っ暗で、男の顔も見えないのである。

「おじさん、ありがとう！　助かりました」

私が日本語で言うと、闇の中で男がうん、うんと頷く気配がする。せめて握手くらいしたい気持ちはあったけれど、真っ暗闇でどこに相手の手があるのかもわからない。男がこの土地の人間とはいえ、こんな闇の中をどうやって帰って行くのか、難儀なことは確かで、男に済まないと思う気持ちが湧いてくる。

「おじさん、それではどうぞお元気でね。さようなら」

墨を流したような夜の中で、私が再び日本語で言った時、男が離れる気配がし、何となく男の手が動いている感じがあった。別れの挨拶なのか。私も男から離れた。

私はすぐ通りを小走りに駆け出した。人家がある事が嬉しくてならず、当たり前の平らな道を走れることがこんなに楽な事だったのかと思えた。自分の足がまだ走れることが信じられない気がした。希望が見えると、足は前に進むのである。

駅周辺の上空を飾る遠い明かりが懐かしく美しく見えた。私はその明かりを目指して小走りに駆け続けた。そして町の中心部に入った時、ようやくほっとして歩き出した。宿に着いたのは七時半頃である。部屋に戻った時、エドは何も聞こうとはしなかった。私も何も説明しなかった。ベッドに横たわるや、私は死んだように眠りこんだ。

小雨の降る朝、宿を出ようとした時、レインコートを着た小柄な男に出会った。雨雫が滴るフードの奥に黒い瞳と黒い縮れっ毛が覗けて見えた。同じ宿のオーストラリア人のジェフである。寒いせいか普段より顔が青ざめて見えた。私がこの宿で一番好感を抱いた若者である。

「どうしたの？　何かあったの？」

「エマの容態が悪くて。医者を呼びに行ってきたんだよ」

「あら！　それはいけないこと」

マレーシア出身の小柄なエマは彼のパートナーで、体調を崩しベッドから出られない状態だった。彼らはレストランでも、一皿の〝モモ〟をフォークで二つに割り、分け合って食べるようなペアで、夫婦同然に見えた。旅先での病は悪化しやすい。

「エマが早く回復するよう祈ってるわ」そう言って出ようとしたが、私はふとジェフにだけは挨拶しておく気になった。

「ジェフ、実は私、これからダージリンを発つの。元気でね」

「エドは？」

「彼は残るわ」

「なぜさ」

「…英語でのコミュニケーションは難しい時があるのよ」

それは嘘ではなかった。

「それは大したことじゃない。そんなこと気にするなよ。エドはいい奴だよ」

言葉はぶっきらぼうだが、彼には温かいものがあった。古くさい言い方だが、彼がハートでそう言っているからである。ジェフは若いのだが、男として既に一本立ちしている雰囲気があった。

「わかってる。ありがとう」

私は微笑んだ。

それきり私はエドの事を忘れてしまった。エドは、私が鶴田君と一緒に発つことを察していたと思う。最後に私から目を逸らせた時のエドの顔を、今になって思い出す。それによくよく思い返してみると、どうも宿泊費の半分をエドに渡すのを忘れたようである。(ごめんね、エド!)

チベット人の若者のことは、名前も聞かずに去ってしまったことを私は悔いた。もし彼に会えたらどんなに嬉しいだろう! 彼と話ができなかったのは実に残念である。どうしてあの小屋にいたのか聞きたかった。彼はいずれチベット人社会のリーダー格として、同胞の為に重要な役割を果たすだろうと私は信じている。

神光

人生において最も鮮烈で啓示に満ちた経験の不思議さは、その瞬間がその後おそらく二度は訪れてくれないことである。少なくとも私の場合は、ただ一度だけだと思う。私がこの地で遭遇したある出来事は、それまで私の胸にあった漠とした思いを青空に放ってくれるものとなった。

光の切り絵のようなその出来事について話すことには、正直言ってためらいがある。話す傍から大事なものが言葉の網目から抜け落ちていく気がするし、言葉は経験の一回性の美しさや輝きには追いつかないと思うので。タケル、それでも私はあなたに話しておきたい。

・・・・・・・・・・・・・・・・・・・・・

日本を発って既に三か月が経過していた。オールドデリーから夜行列車でインド北西部のリシケシに向かっている時だった。

私は三等列車の三人掛けのシートの真ん中に座っていた。時刻は夜の九時を過ぎ、通路には乗客らが身を寄せ合って座り込み、足の踏み場もない。私の右隣の通路際の席には白人の若者が座っていた。彼はヒッピーではなく、ごく普通のバックパッカーで、たまたま隣り合わせたのである。私は眠くはなかったが、列車の震動に揺すられつつ軽く目を閉じていた。

やがて後方から人の声が聞こえてきた。誰かが歌っている声らしい。声の合間に鈴を振るような微かな響きが混じる。好奇心が頭をもたげ、私は首を捩じってバックシート越しに後方をちらと見やった。

ほの暗い明かりの下、一人の盲目の老人が立っていた。通路を埋めている乗客と乗客の体の隙間を杖の先で探りながら、じれったいほどのろのろと進んでくる。彼が手にした杖の握りの部分には何か複数の小鈴のようなものがついており、それは歌の伴奏を兼ねた一種の小楽器にも思えた。彼は首からヒモで空き缶を吊した物乞いの歌い手だった。

私は顔を正面に戻し、再び軽く目を閉じてその声に聴き入った。低くしわがれ、長年歌い続けてきたらしい強い喉を感じさせる声だ。むろん、意味は一言もわからない。言葉の合間に鳴る涼しげな響きは心地良く、その語り歌は河の流れを想わせた。

やがて不思議なことに、たった一人の男の声がいつの間にか多重音の響きを帯びてきたのである。その響きはしだいに重層音を増し、更にとめどない多重音へと厚みを増していった。

気がつくと、それはあたかも全宇宙を抱き込んだかのような奔流と化していた。まるで大河の瑞々しい響き、一瞬とて止むことのない、生きとし生けるものの抑えがたい歓喜の声に聞こえてきたのである。命という命がこぞって重なり合い、追いかけ、絡み合い、歓喜の声を上げていた。（これはガンジスだ！）私は思った。

そうか、そうだったのか。彼はガンジスを、永遠の命を歌っているのだ！

言い知れぬ感動の波に私は揺すられていた。なぜ盲人一人の声がそのように変化して聞こえてきたのか、問うことなど念頭になかった。今や、濁流は猛烈な速さの激流となり、私自身が濁流と化しているようだった。眼裏に水流の飛沫の一粒一粒が、光を受けて輝くのが見えた。（これは夢なのか？）ちらと思った。

世界とは命そのものだった。全宇宙が歌っていた。私の耳元で、同時に私の内部で。

この美しい命の奔流、大合唱を押しとどめることは誰にもできない。そう思った。盲人の声は間近に迫っていた。

私は目を開いた。時を合わせるようにして彼は姿を現わしたのである。私は彼を見上げた。これほどの歌を聴かせてくれた相手に、感謝の気持ちでいっぱいになりながら。そして次の瞬間、彼の体の中に強烈な光が爆発したように煌めくのを見たのである。

アッと声にならぬ声をあげ、そのまま私は釘付けになった。男の横向きの立ち姿は輪郭のみを残し、内側はただキラキラと光に満たされ、光の他は何も見えなくなった。

（ああ、歌っていたのは『神』だったのだ！）

盲人は『神』であった。『神』が彼の中に立っていた。『神』と呼ぶしかないような何か、この世界をもたらした根源的な何かが。

この世ならぬ美しい光は静寂の中で続いた。ついに感極まった私は、彼の足下に身を投げ出したい衝動に駆られたのである。が、狭い座席空間では身動きが取れない。

何気なく視線を下げた時、私は又もやアッと声を上げそうになった。そこにも同じく眩い『神光』が煌めいていたからである！

通路に眠る乗客の一人一人の体に、更に通路の向こうの座席に眠る乗客の体に、そこここに、まさに至る所に！

私は今や世にも美しい光の花園の中に座していた。目の縁に涙が溜まっていた。無言の光の群れは、それが他でもない私自身でもあることを告げていたのである。

私はふと我に返り、急いで財布の中から一番大きな硬貨を取り出した。そして隣の若者の前を遮る恰好で男の方へ右腕を思いきり伸ばした。感動と感謝の気持ちをわずかでも相手に伝えたかった。むろん、私はもっと額の大きい紙幣を入れても全然惜しくはなかった。が、彼は盲目である。私はとっさに音のする硬貨を選んだのだ。私は（愚かしくも）コイン一枚で彼にしばし留まってもらえると思ったのである。

煌めく光の中で男の胸に下がった空き缶に手が当たり、その中にコインを落とすと、コツンとそれがカンの底に落ちる音がした。すると思いがけなく隣の若者も小銭を取り出し、同様に硬貨を空き缶に入れたのである。

彼は盲人の歌に感動などしていなかったと思う。仕方なく私に倣ってそうしたのだろう。いかにも面倒くさそうに盲人の方には目もくれず、空き缶にヒョイとコインを入れたのである。

ところが二個目の硬貨の音が聞こえた途端だった。この「神」の歌い手はふいにピタリと口を閉じてしまったのである。そして、何とさっさと次の車両に向かって歩き出すではないか！

（え？　何で？　行かないで！）

私は啞然としてその後ろ姿を見つめた。次の車両との連結部はすぐ目の前である。

（今日の食い扶持は入った）

まるでそう言わんばかりに足取りがいやに軽いのである。本当は目が見えているのかしら？　そう疑いたくなるほど速かった。もっとも、鋼板の動く連結部分にはさすがに誰も座っておらず、歩きやすかったのだろうが。

光は線香花火のようにみるみる弱く小さく身を縮めていった。そしてぷっつり消えたのである。アッと言う間だった。彼は隣の車両に去り、今の今まであんなにも輝いていたこの世ならぬ光は、跡形もなく失せていた。

これが私の目撃したすべてである。それは私の目前で、同時に私の中で起きた出来事だった。

翌朝、目を覚ました時には、この出来事は私の念頭から去っていた。不思議なことに私は前夜のことについて何も思わなかった。今思い返せば、それはただ私を通過した通り雨のようであり、一夜明けるや照りつける強烈な太陽に抹殺された幻夢のようにも思えてくるのである。もしこれが人に関する何か生々しい夢だったら、私はそれについて何かを思ったかも知れない。

自分は半睡状態で夢を見ていたのだろうか？　後になって私は何度か自分に問いかけた。目を閉じながら、盲人の歌を聴きながら一瞬の夢を見ていたのだろうか？　だが、財布の中から小銭の中で一番大きい硬貨は無くなっており、翌日、最初の買い物時に財布を開けた時、私は前夜のことを一瞬思い出したのである。硬貨が空き缶に落ちた音も聞こえたのである。私の目は、光と同時に隣の若者の仕草を見ていた。彼がわずかに上体を私の方に傾け、ズボンの右ポケットに手を入れて小銭を出すところを見たのである。

私は、やがて自分に対するこの問いかけをやめることにした。あったことは、そのまま受け取る他はない。

Voice

「僕は神を信じない。カネを信じるね」

「……」

　オールドデリーの街の路上で行き会った一人のインド人青年は、話の途中でふいにそう言った。無表情だったが、挑戦的な言い方だった。中背で、地味なチェック柄の半袖シャツとズボン姿にサンダル履きの、ざらに見かける若者の一人である。

　私は彼の顔を覚えている。これと言った特徴があったからでなく、その逆だった。平凡で、どう見ても全く魅力に欠ける容貌だった。身も蓋もないその言葉に私は面食らった。行き先の道を聞こうとしてたまたま前方から来た彼に声をかけ、全く別の話をしていたのである。私は相手の言葉を笑ってやり過ごすことができなかった。彼の表情は硬く、暗かった。

（私に何を言いたいの？）

とっさに言葉が出ないまま私は相手の顔を見つめた。ぶっきらぼうな口調とは裏腹に、その目が何か言いたげに私をじっと見ている。胸のどこかがチクッとしたようだ。

「あなた…もちろん天からマネーは降ってこないわよ」

「あんた達はこの国の過去を見物している。僕らの生活は何一つ、死ぬまで変わらない。あんた達はそこが気に入ってるんだ」

「そうね…見物している。歴史のない国ってないよね。でも、あなたもガンガー（ガンジス）も今を生きてるじゃない」

そう言いながら、自分の言葉が彼の思いとすれ違ってしまうのを感じた。私は気楽な旅行者である。もう少し楽しく話さない？　そんな思いがあった。

「……」

「おカネで何をしたい？」

「カネを手に入れたい。毎日それしか思ってない」

O駅の横幅のある長い石段を上って行くと、上方でガランガランと鳴り響く音がする。顔を上げると、上段から得体の知れないものが巨大な蛙のように跳びながら迫ってくるのが見えた。ぎょっとした私は、反射的に相手とは逆方向に階段を斜めに駆け上がって逃げ出した。

石段の一番上まで駆け上がり振り返った時、男が首から空き缶を吊した物乞いであることに気づいた。男の上半身は異様に発達していて、両足が足の付け根の辺りから無かった。私から施しを受けようと、両腕を杖に階段を一段一段〝跳びながら〟下りてきたのである。

壮年の男である。私に逃げられ、疲れたのか石段の下方で止まったまますぐには動けない様子である。下りる方はともかく、階段を上がる方は彼にとって容易でないのは明らかだった。男は私の方を見ている。私の視線と男の視線がぶつかった。（階段を下りて彼に小銭を恵むべきか？）彼は階段のかなり下方にいたが、（そうすべきだが）私は下りなかった。狼狽しながらも向きを変え、足早に立ち去ったのである。

動揺はすぐには収まらなかった。男が自分に何かをしたわけではない。それなのに私は男が怖かった。両足が無く、階段を撥ねながら下りてきたというだけで逃げたのだ。最低なことをやってしまった。

男の上半身はまるでプロレスラー並みに筋肉隆々としており、半身だけの体で自力で生きのびてきた逞しさが、その上半身と顔つきにも表れていた。私は相手のこの逞しさに怯えたのである。もし男がじっと座ったまま物乞いをしていたら、私は了解して迷わずその空き缶に小銭を入れたことだろう。

この一瞬の出来事はそこで終わったが、私のこうしたとっさの行動は、再び形を変えて私の胸に次のしこりを残すことになった。

・・・・・・・・・・・・・・・・・・・・・・・・・・・

「マダム、紅茶をいかがですか？　一杯、たったの十五パイサです」

「いいえ、結構よ」

その日、私はいつものように宿を出るや、小銭をせびりに寄ってくる物乞いの子供達にばら銭をやりながら歩いてきたところだった。甘ったるい紅茶など飲みたくはない。行きそびれていたレッドフォルトに今日こそ行こうと出てきたのである。

強烈な日差しに照りつけられながら、私は前方に見える何かの残骸らしい崩れかけた建造物に近づいた。中に入って一休みしようと思った。三階建ての民家くらいの高さか。中はがらんとして何もない。私は石段の最上段まで上り、内壁に寄りかかって外を眺めた。

大地はひび割れ、地平線まで草一本見えない。太陽は音を立てんばかりにじりじりと照りつけ、ただ風ばかりがこの建物の壁に穿たれた四角い空洞に吹き寄せ、細く震える声を耳元に吹き込んでくる。

ここからはるか西南に向かえば大インド砂漠が広がっているはずである。風の声音は人間の声にそっくりだった。それはまるでこの乾いた不毛の地で滅びていった魂の果てしない哀訴のように聞こえた。私は呪縛されたようにじっと立っていた。

私はそのままじっとしていたかった。が、思いがけない少年の声にあきらめて石段を下り始めた。少年は、城塞にまつわる王と王妃の物語を単調な声で喋り続けていた。おそらく何十回となく語り、暗唱してしまった物語を。

「黙っていてくれる？　そんな話は興味ないの」

少年の語りは続いた。こちらが根負けするまで喋って〝謝礼〟を貰う気なのだ。

「黙っていて。ついてこないで！」

パイサをせがむ声が私を追ってきた。

「マダム、紅茶一杯、たったの十五パイサです」

「要らない！」

私は苛々しながら怒鳴った。そこから五十メートルほど先の崩れかけた低い石塀に沿って、三人の男達が座っているのが見えた。少年は彼らに紅茶を売るよう言われているのだろう。少年の片手に載った盆の上には、紅茶の入ったミニカップが四個並んでいた。

「マダム、紅茶一杯、たったの十パイサです」

「……」

「マダム、紅茶一杯、たったの…」

「要らないと言ったでしょ！　あっちに行って！」

私は再び怒鳴った。暑さと苛立たしさで、気持ちの余裕をなくしていた。

「マダム、紅茶一杯…たったの五パイサです」

五パイサで子供を黙らせようか…そう思った。が、腹立たしさのあまり私の心は石のように頑なになっていた。少年の言葉と口調が変わった。

「マダム、紅茶一杯、僕に飲ませてください」

私は更に足を速めた。泣きたい気持ちになっていた。汗を拭った。声は尚も私を追いかけてくる。

「マダム、お願い…」

私は小走りに駆けだした。

日中、四十二度の気温は、夜になってもさほど変化がない。あまりの暑さに眠れなくなり、私は宿の部屋の隅に置かれた素焼きの大瓶から柄杓で水を掬い、服を着たまま水を浴びた。そのままびしょ濡れの恰好で編みベッドに横たわった。

瓶の水だけがひんやりしていて、体温を下げるのに役立ってくれた。素焼きの土を通して水が蒸発する際に中の熱を奪うからである。天井についた三つ羽根の扇風機が申し訳程度の風を送ってはいたが、熱風をかき回しているだけである。こうなると、思考力も想像力も働かない。そのせいか夢も見なかった。

至るところ極貧者がいて、その容貌や体つきにも身分制度のクサビが打ち込まれていた。とはいえ、彼らは日本人よりはるかに好戦的で議論好きに見えた。学校教育を受けていなくても堂々と持論を展開してみせる。

「毎日外に出る度に、こうもジロジロ見られると疲れる。放っといてもらいたいわ」

ある日、私はベナレスで顔見知りになった中年の車夫に、ついグチをこぼした。

「あなただって、毎日我々を見てるでしょうが」

と即座にピシャリと返された。ごもっとも。（でもね、一対多数。あなた達って、目がデカいのよ）

そう言えば、カトマンズで会った鶴田君が言っていたっけ。彼が南部の小さな村を歩いていた時のこと。ふと見ると、子供達が彼を指差してゲラゲラ笑っている。彼はキッとなって子供の一人に聞いた。

「何がおかしい？　何で俺の事を笑うんだ？」

「だって、アンタ、目が小さいんだもん。なんでそんなに目が小さいんだよー？」

子供がそう答えると、周りの子供達が又ドッと笑い出したという。（私も笑った）

「頭にきちゃったよ」

かわいそうな鶴田君。一対多数。勝てない。

彼らがすぐやり返すのも、「自分はいっぱしの人間なのだ」というところを、ホネのあるところを見せたいのだろう。生きているってところを見せておかなくては！沈黙はゼロを意味する。誰だって頭から踏んづけられて〝ゼロ〟にされたくはない。


「君の故郷はどこ？」

エドがインドの地図を前にカルカッタの宿の男に聞いていた。

「…ここから電車に乗って二時間くらいの所だよ」

「時間のことじゃないよ。場所はどこなの？」

「場所は…わからないがね。ここから遠いんだ」

「何だって？　君は自国の地図の見方も知らないのかい？」

エドの声が大きくなる。

「地図は…わからない。私は学校に行ったことがないんでね」

エドは頭を垂れ、黙ってしまった。すると、男はにわかに座り直すや姿勢を正し、エドと向き合った。

「地図の見方はわからないがね、信仰のことならあんたより私の方がずっとくわしいよ。あんたは時々瞑想しているようだが、何派に属しているのかね？　先ずはそれを聞かせてもらおうじゃないか」

「僕はそうした種類の話には興味がないんだ」

エドは迷惑そうな顔をして、地図の方を見ている。

「興味があろうとなかろうと、インド人である限り、どの宗派に属しているか、ここが一番の肝心どころなんだよ。これを知らないのでは、あんたは我々のことを何もわかってないということになる」

エドは宗派の話から逃げようとしたが、男に食いつかれ逃げられなかった。


ロケットを火星や木星にどれほど飛ばせたところで、犬一匹救えない。私は頭の中でぶつぶつとそんなことを言っていたようだ。人類の0・0000000000001%にも満たない連中の独善祭が、我々の内なる進化と何の関係があるのか？

我々のエゴイズムは、生きる法則のド真ん中にどっかり腰を据えている。腰を上げる気はなさそうだ。相も変わらぬ貧困、相も変わらぬ人類の恥が、炎暑に喘いでいた。舌を出して喘ぐ犬のように。

世界は破れ目を縫う傍から綻び始めるだけに見えた。しまいに、そのことには何か意味があるのかも知れないとさえ思いたくなる。なぜなら我々がこの世界から何かを学び、他者のことを考え始めるとすれば、その場所は破れ目だからである。

〝カネを信じる青年〟に会ってからわずか二日後、私はオールドデリーの破れ目に足を取られ、その裏世界を見ることになった。

オールドデリーのコンコルドの一角に、その中古品店はあった。

ヒッピー達がよく行く店で、悪くない値で不用品を買い取ってくれるという話を私も耳にしていた。日を重ねるにつれ何かと物が増え、移動の際に重くなった荷が負担になっていた。必需品以外は処分しようと思い立って私もその店に行ってみたのである。同宿のヒッピーの一人が、その店が他に比べて〝一番良心的な店〟だと保証してくれて、地図まで描いてくれたのである。

行ってみると、一階は無人である。不用心な店だと思いつつ、急な階段を上って行くと、そこにまだ三十代後半とおぼしき店主らしいシークの男が一人座っていた。四方の壁は床から天井まで商品棚でびっしり埋めつくされ、秋葉原にある中古品店とそっくりである。彼は私が持ち込んだ品を予想通りの値で買い取ってくれた。同宿のヒッピーが言った通りである。品物の代金を受け取り、帰ろうとすると、

「君は独身?」

とニヤニヤしながら聞いてくる。この種の質問に私は慣れていた。

「そうよ。でも婚約者がいるの」

と返し、帰ろうと出口の方へ向きを変えた時だった。無人だったはずの私の背後に、いつ、どこから現れたのか、四人の人相の悪い大男が並んで立ち塞がっていたのである。階段への出口は塞がれていた。

私の全身からサッと血が引いた。瞬間、体が冷たくなるのがわかった。それまでは他人の〝お話〟でしかなかった事が真実であることをその時知ったのである。絶体絶命。人生最大のピンチだった。声を上げて逃げようとすれば、即座に口を塞がれ麻酔剤で失神させられるだろう。

私はとっさに平静を装い、何食わぬ顔で店主の方に体の向きを戻した。（何にも気づいていないふりをしなくてはいけない）瞬間、そう思ったのである。出口とは逆に、店主のいる店の奥へ再び戻りながら私はさりげない口調で言った。

「ついでなんだけど（By the way）、私、日本製のすごくいいカメラを持ってるの。今日は持ってきてないけどね。カメラだと幾らで引き取ってくれる？」

なぜそんなことが言えたのか、自分でもわからない。危機に直面すると、頭の中で事は一瞬で選択決定されるものらしい。店主は疑わしそうな上目づかいで私を見た。

「それはモノによるね。見てみないことには言えない」

「大体でいいのよ。アバウトで幾らぐらい？」

「現物を見ないと言えない。…どこのメーカーなの？」

「フジカメラ。最高にいいカメラよ！」

それはデタラメだった。私は「フジカメラ」が実際この世に存在するのかどうかさえ知らなかった。カメラにまったく興味がなく、知識ゼロである。以前、「富士フイルム」を人に頼まれて買った覚えがあって、とっさに言ったのである。私が持ち合わせていた知識といえば、インド人が日本製のカメラをやたら欲しがるということだけだった。

店主は黙っている。沈黙は恐ろしかった。私は店主の方に更に近づき、彼のデスクに両手を突いて打ち明けるように言った。

「わたし、おカネが要るのよ」

彼はまた上目遣いに私を見る。私は視線を落とした。つらそうに。

「どこのホテルに泊まってるんだい？」

「□□□ホテル。駅の近くよ」

私は正直に答えた。宿については、相手の方が詳しいに決まっている。安宿であることは、すぐわかった模様である。（もう一刻も猶予は置けない。勝負に出るしかない）

「この店は何時にクローズするの？」

「六時」

上目遣いのまま男は言う。

「六時。…それじゃ私、明日の夕方六時にカメラを持ってここに来るわ。他にも日本製のいいものがあるから、それも持ってくるわね。ＯＫ？」

「アチャ（いいよ）」

男は意外なほどあっさりと首を横に曲げ、インド式に頷く。私はそれに応えてニッコリし、男に流し目を送ってみせた。それから回れ右をしてゆっくり男達に向かって近づいて行った。

四人の男は電柱のように突っ立って無言で私を見下ろしていた。四人共、ゆうに百八十センチか、それ以上ありそうな長身だった。落ちこぼれのバスケット選手みたいな奴ばかりである。私の身長は百六十センチ。私は顎を上げながら彼らにも愛想よくスマイルを見せた。

「See you...Bye」

左右にそう言いつつ、中央二本の電柱の間を通り抜けて行った。私の右肩が、通り抜ける際に右手の電柱に触れた。心臓が今まで聞いたこともないような凄い音を立ててドックン、ドックン打ち、痛いほど胸を締めつけてくる。男達にその音が聞かれてしまわないかと恐ろしかった。

階段を下りようとした時、私はそのままでは下りられないことに気づいた。階段は急で手すりがなく、両膝があまりにもガクガク震えて一歩も踏み出せなかった。壁に片手を突くと私は一見悠々と、震える一歩をようやく一段下ろした。ノーテンキを装い、ノンビリと。それしかできなかったのだ。インドネシア製のサロンをスカート代わりに巻きつけていたので、足が隠れ幸いだった。

階段を下り切って私は逃れることができた。明るい広場が見えた時、（助かった！）と思ったが、そのまま〝のろのろ歩き〟を続けた。店の二階から続いていた背後の無音状態が、何を意味しているかわかっていた。誰かが後をつけてくるに違いない。私が本当にそのホテルに泊まっているかどうか、店主に確認を命じられているはずだ。

とぼけて見せていたものの、心臓の動悸は宿に着いても止まらなかった。案の定、二人のノッポがホテルまで私を尾行してきたからである。その日、夜の九時になるのをじっと待ち、私はタクシーで遠方のホテルにこっそり移動してしまった。

翌日の夕方六時、店に〝鴨がネギを背負ってやってくる〟のをうずうずしながら待ち構えていた男達。その後シークの店主は、あの四人の電柱男に責められたに違いない。ジャパニーズの洟垂れ娘の口車にまんまと乗せられるとは！　逃げた魚は大きい。

かった！

　私の方はこれに懲りて、以後たとえ日中でも人目の届かない場に一人で足を踏み入れることはやめたのである。これが一番〝良心的な店〟であった！
・・・・・・・・・・・・・・・・・・・・・・

　三等列車の窓際にはひっそりと一人の若い美姫が座っていて、私は先刻から彼女を見ている。一冊の書物を手にしている娘を。十七、八歳ほどか。その凛とした横顔の美しさと言ったら！　私は見惚れて目を離せなかった。薄いインド綿の半袖ブラウスに地味な単色のサリーを重ねた姿は、まさに彫刻さながら微動だにせず、読書に没頭している。

　車内には、この地味な娘に注意を向ける者は誰もおらず、彼女も又、周囲にはまったく気を払わない。彼女が手にした本は日本の学生が使う教科書のゆうに二倍以上はありそうな厚さで、それは明らかに小説本などではなく、法学か医学、経済学等に関する〝堅い〟分野のものらしいことがうかがえた。

　この美しい娘の不動の没入ぶりには、何かしら特別なものが感じられた。私は集中と長考の森に入るや、そこから出てこなくなるようなインドの奥深い思想史をふと思い、その遺産を見る思いさえしたのである。周りに多くの乗客がいるにもかかわらず、彼女が誰の視線からも外れた時空間にいるという事に、興味をそそられたのである。

我々の多くは個室と壁によってこの時空間を手に入れるが、暑さのせいか、彼らには壁無しにこの集中と長考、祈りに入る素地があるのではないかと思えたのである。

私は日本の地方を走る鈍行列車で彼女のような貧しい娘（最下層ではなくミドルクラスに属していたにせよ）を見かけたことがなく、それが残念に思えた。

ニューデリーのディスコティックは欧米人や富裕層のインド人の若者達でいっぱいである。私はＹＷＣＡの宿で同宿したインド人の女子大生に誘われ、店内で同席した彼女の友達のロイに紹介された。

「今月は遊びすぎちゃってさ、これ見てくれよ。ヤバいよ」

ロイは自慢たらしく財布の中から遊び代の証拠レシートをぜんぶテーブルに引っ張り出してみせびらかした。

「俺もヤバいのよ。ツケが幾ら溜まってると思う？　□□□ルピーだぜ！　一体どうしてくれるんだって」

ロイの隣の金髪男が、これまた自慢たらしくぼやいてみせた。眉毛が薄く、目がトロンとしたさえない若者である。

「私のカナダにいる叔母がね、手紙で夏休み中に遊びに来たらって言ってきたの。どうしようか今迷ってるところなの」

私を誘った女子大生が自慢して言う。

「僕の叔父はアメリカのロスにいるんだけどさ、ビジネスやる気ならこっちに来てみないかって言うんだ。面倒は見てやるって。迷うとこだよな」

ロイが張り合って追いかぶせるように自慢すると、金髪はつまらなさそうにプイと横を向いた。それから私に踊らないかと誘った。

フロアに出て行くと、金髪は何を思っているのか、つまらなそうな無表情は変わらず、床を見ながら腰を振っている。ディスコのダンスの良さは、てんでんばらばら、勝手な流れで揺れていればいい点で、音楽に乗ってさえいれば問題なしである。懐かしのアメリカンポップスが「…take me home……」と歌っていて、何やらメランコリックに聞こえなくもない。金髪は無表情のままである。

ロイとはその後、街中で二度ほど出会ったが、話してみると、ディスコ店で会った時よりずっと堅実な雰囲気である。彼はシンガポール出身で、大学受験期の後半はきつかったと言う。

「三か月間、部屋の中にカンヅメ状態さ。親父が言うんだよ。大学の入学試験にパスできないようでは、おまえの人生は終わったも同じだ。先はない。いいか、合格することだけ考えろってね」

「あなたのお父さんもかなり脅迫的ね。でも受験勉強の三か月間なんて日本じゃ信じられないくらい短期間よ」

「部屋から一歩も外に出られないんだよ！　囚人と同じなの！　外から飯が運ばれてきてさ。勉強以外は何もやるなって。気が狂いそうだったよ」

彼には今は彼女もいて、彼女の住むマンションに泊まろうとどこで遊ぼうと「好きにやれ」と言われる身分になったのである。

私がその後、パキスタンのラホールで出会った若者達もロイと同じ年頃だった。

ある晩ライブハウスに行くと、ステージではビートルズのような長髪スタイルの四人の若者が、ビートルズの曲を演奏していた。私はサムと呼ばれている中年の中国人と一緒だった。サムは宿で度々見かけていた男で、何の仕事をしているのか私は知らず、聞きもしなかった。彼に興味がなかったからだが、悪い印象はない。今思うとサムは宿のオーナーだったのかも知れない。

演奏が休憩に入ると、四人のミュージシャン達はサムと私のいる丸テーブルにやって来た。四人ともハンサムだったが、中でも私の真向かいに座った若者が明るく、一番感じが良かった。以心伝心と言うべきか、彼はすぐに口を開いた。

「君の手につけたそのアクセサリー、とても綺麗だね」

彼は、私が左手に嵌めた手の甲全体をカバーするインド製の手飾りを見て言った。

「そう?　あなたの指輪もステキね」

ほんの社交辞令のつもりで言ったのだが、彼は即座にその指輪を外すと手を伸ばして私の手を取り、それを私の左手の中指に嵌めたのである。

私は、どうすべきか一瞬迷った。別の場だったら、そのまま受け取ったと思う。が、他の男達の面前で、初対面の彼のあけっぴろげな振る舞いに戸惑いもあった。サムが傍らでこの様子をじっと見ていた。

私は自分の指に嵌められたリングを今一度眺めた後、せっかくの好意に少し残念だったが、それを若者に返した。彼が私に色々話しかけている間、サムも他のメンバーも一言も喋らなかった。

休憩が終わり四人が引きあげて行くと、サムは、もう時刻が遅いから帰ろうと席を立った。不機嫌そのものである。宿まで車で送ってくれたが、別れ際にいきなりキスしようとしたので、私は逃げ出した。

サムはたぶん金持ちだったと思う。もしかすると、ライブハウスも彼がオーナーだったのかも知れない。若いミュージシャン達は、彼から見れば文無し同然のヒヨッコに過ぎない。男の値打ちは、何と言ってもカネ！　彼の顔にはそう書いてあった。私は店に誘われたから来たまでなのに、厚かましい男である。

女性なら、今は文無しでも明るくてハンサムな若者を好ましく思うのが人情。サムは品がなく、これと言ってめぼしい魅力も見当たらない。カネしかなさそうだった。

それから三日ほどして、その店の前を通りかかると、私に指輪を差し出したあの若者が洗いざらしのシャツにGパン姿でモップを持ち、店の床を掃除していた。

「やあ、こんにちは」

彼は私に気づくと屈託ない笑顔で言った。指輪を貰っておけばよかった。私は思った。

あの〝カネを信じる青年〟は、きっと限りなくサムの身分に近づきたかったのだろう。かなうものなら彼に成功してほしい。だが、私は彼の将来へのヴィジョンを聞くことはできなかった。

・・・・・・・・・・・・・・・・・・・・

首都ニューデリーを離れると、烈日下、ここは時間が止まった国に見えた。太陽と時間はふんだんにあり、田舎に行けば行くほど時間はゆったり流れ、やがて完全に止まる。そして歳月を経た菩提樹の樹皮に蔓のように絡まる樹根でさえ、古代の男女神の交合絵のようにエロスに満ちた強烈な生命力を感じさせた。ふと視線を上げると、深紅の小花が炎熱の大気に燃え盛り、頭をくらくらさせるのである。

古い街中の雑踏では、痩せて薄汚れた「聖なる牛」が、車の渋滞の中を慌てる風もなく道を空けてもらう順番を待っていた。古代人の信仰に守られつつ、この神の化身である動物はどう見ても栄養失調としか思えなかったが、衰えぬ存在感を示し人を恐れない。人間を養ってきた慈悲深い痩せた母は安泰で、私をホッとさせた。

インドの地で最後に立ち寄ったリシケシはまさに平和そのものだった。宿の近くを散歩していたら、木陰にしゃがんだ老人二人が、向かい合ってお喋りを楽しんでいる。洗濯したサリーの端を持って互いに引っ張り合い、干している。布はすぐカラカラに乾く。何せこの暑さだ！　サリーは五メートルほどの長さ。二人は離れた相手と役者のように掛け合いで大声で喋っている。首を振り片手を振りながら、実に楽しそうである。竿もロープも使わないインド式物干しである。

効率等とセコイことは考えない。何のためにわずかな時間と手間を節約する？　こうして喋るのは人生最高の楽しみの一つ。俺に何をくれたってこの楽しみはくれてやらないヨ。…老人だが声がビンビンしている。放置された貧困の中に、自由と神が棲んでいた。神は健在でピンピンしていた。

「いやあ、ここに帰ってくると心底ホッとするね。故郷に戻った気分さ」

坊主頭で丸メガネをかけたフランス人のジャックが上機嫌で宿の親父に報告してい

る。彼は用事があってニューデリーまで遠出し、戻ってきたところだった。

「電車がニューデリーからリシケシに近づくと、目に見えて乗客の顔つきが変わってくるのがわかるんだ。都会の連中の顔はこうだろ？」

ジャックは眉間に皺を入れて険しい顔を作ってみせる。

「へっ、やだやだ！　それがどうだい？　こんな風に実に穏やかに変わってくる！」

彼は眉間を開き、頬をゆるめ〝その顔〟になる。たぶん、もともとのジャックの顔に。

シークの親父は、さして共感する風もなく黙って聞いている。

リシケシには油断も隙もない商売人達がいて、とんでもない目に遭った旅行者の話も聞いていたし、私も同じ目に遭いそうな時があった。が、私はジャックがこの地の様子を誇張して言っているとは思わなかった。

宿の裏手にはヒマラヤの上流から下りてくる幅広い浅瀬の川が流れ、両岸には広い川原が続いていた。山麓のこの村は、澄んだ川のせせらぎが聞こえるだけの静けさに包まれていた。一帯をひんやりした山の霊気が漂い、人はおのずと瞑想の精神世界に誘われ入っていくのである。

山と川が小さな集落を長く〝保存〟してくれる例は、むろんここに限らない。けれども、この村はいわば人間の原点を思い出させてくれる霊地だった。実にオープンに。何一つ隠されるべきものもない。日本のような隠微さはない。

修行者ヨギが、道端に広げた敷物の上で立ち上がっては腹這いになる動作をくり返していた。求道の行為のような〝非生産的活動〟を続けるのは、人間に与えられた特権に思える。（トンボも祈っているのかしら？）我々の巨大な産業社会では、何事も商品化されていく。音楽活動すら、もはや処女性を宿した魂の純粋な発信ではいられなくなっている。

それに引き換え、彼のやっているたった一人の儀式が〝何の役に立つ〟？　彼の行為は、それ自体が目的であり、それ自体で完結しているのだから。その動きは、祈りが商品化されることを永遠に拒むように、絶え間なくあらゆる拘束から逃れていくあるものを感じさせた。

彼は腰布を一枚まとっただけで、堂々たる体躯をしていた。健康そうな清潔感さえ感じられる茶褐色の筋肉質な半裸体である。（毎日、何を食べているのかしら？）

彼がどんな人物なのか、生い立ちも何も知る由もない。だが（私は横合いからこっそり彼の顔を盗み見ていた）、その顔は実に穏やかで立派な顔立ちをしており、長い睫毛の下の眼差しは下方に向けられたまま、己の行しか眼中に無いようだった。卑近な日常の場で毎日こうして生きている人間が存在しているということが、私には人間社会のひとつの光明にさえ思えた。

伝統と言ってしまえばそれまでだが、私は彼らがこのような修行僧と同じ生活圏で共生していることに一種の感動を覚えていたのである。この国の多様性の大きさに圧倒されてもいた。彼は殆ど裸に近いので、わずかな装いの権威からすら自由と言えた。

だが夜に入ると、清らかな明るい平安は一変し別の顔を見せる。そびえ立つ真っ黒い山の姿態は、昼よりもぐっと間近に迫り、その上方に無表情の白い月が現れる。深い闇を通して微かな水音が川の在りかを感じさせた。こうした夜の間近に見る巨大な山と白い月は、人里にありながら何とよそよそしく威圧的に映ったことか！　自然とは単純に恐ろしいものに見えた。

この印象は、平地のブッダガヤの闇の深さにも共通していた。一八〇度開けた平野の夜空を無言の稲妻が走る。その素晴らしく長い光の剣は、私の頭上に鋭角の曲線を描きながら、くり返し漆黒の天を切り裂いてみせるのである。音も雨もない。そして稲妻が走る度に、そのはるか下方に小さな村の家々が大地に遠く黒々とうずくまっているのが見えた。

時間は減りも増えもしなかった。今日の次が明日になるだけである。光速と同じで、こちらが速く走ろうとのろのろ歩こうと相手は変わらない。追いつくという発想はダサくてここでは全然相手にされない。追いかけなくても、太陽は決まって顔を出し、洗濯物は待つこともなく、あっという間にカラカラに乾いてくれる。何せこの暑さだ！　正午、更に午後二時にかかると、もの皆息絶え、どっかり動かぬ熱波に脳までとろけてくる。どっちを向いても熱波の海で、逃げ場はない。

私がリシケシを発つ前日、ジャックは具無しのプラウを作り、私に勧めてくれた。白皿に山盛りしたライスの上にテカテカに光った真っ赤な大唐辛子が一本寝ていた。白と赤のコントラストは美しかったけれど、味の方は見当がつかない。

私はそれを一瞬見つめたが、幸い食べずに済んだ。横から英国人のピーターが

「ちょっと待ってな。俺がプラウを作ってやる」と言ってくれたのである。ジャックと私が喜んでピーターの具入りプラウを平らげたことは言うまでもない。横から口を出しただけあって、彼のプラウはお世辞抜きに美味しかった。料理の腕がいい男なのである。普段はジャックに何かと意地悪いのだが。

別れの日、ジャックは餞別に蜂蜜入りの瓶を私にくれた。

「空腹な時、これを舐めるといいよ。栄養価が高くて健康にいいからね」

ジャックは実に心やさしい男なのである。独身のジャック。フランスに戻っても、彼が幸せでありますように！

一九七一年の夏は、こうして過ぎて行った。

Tat tram asi（おまえは　それである）

タケル、我々にとって〝何者か〟であることと〝初心〟とは、なかなか一致してくれないものである。油断すれば我々はつまらない虚栄心や驕慢さ、欲得につまずき、最初の願いも誓いもあっさり手離して堕ちてしまう。堕落への急行列車は、いつだってタダ。

しかし、人間のこうした脆さの向こうに、大都会のスクランブル交差点の向こうに、人間のもう一つの顔、〝生誕の顔〟が浮かび上がってくる。
『あなたの存在そのものが奇蹟に他ならない』

あの夜の三等列車での出来事は私にそう語っていた。私が目撃した光は、存在自体を無条件に肯定し、人間存在の聖性を証すものだった。そして実のところその光は同時にこの言葉を発信していたのである。

Tat tram asi（おまえは、それである）

この言葉に触れたのはいつだったか。ある日私の心に刻まれ、しまわれていたわずか三語のサンスクリット語。それがずっと私を待っていてくれたような気がする。

タケル、私は確立されたある宗教や思想に関してお喋りする気はないので、ただ自分が経験し、実感したものをあなたに伝えたいと思っている。


これとは逆に、赤ん坊は言葉に先立って母親から〝愛〟を受け取り、後になって〝愛という言葉〟の意味を知るようになる。そして、やがてはあらゆる国の歌手がこう歌うのを、自分の唄として聴くようになる。

「愛は、あなた」　くり返し彼らは歌う。

「oh, my love, my darling!」

愛が人間を離れて存在することはあり得ず、あなたはそれを実感しているからである。あなたは愛の存在を感得しており、それを疑うことはできないからである。

私もまた、あの光をもたらしたものを疑うことはできなかった。この世の最大の奇蹟とは、人間がこの地上に誕生したことではないかしら？　これ以上の奇蹟は、思いつかない。宇宙創生の謎、「なぜ?」の問いに対する究極の、不可知の答えは、問う私のもとに返されてきた。ブーメランのように。

言うまでもないけれど、この惑星に棲む生命は、我々のものと同様、目に見えない極小のモノから造られている。その中で人間が神の最高傑作であると言っても、誰も文句はつけないと思う。あなたは、実にこの世界の体現者ではないか!

もし世界と我々の〝根っこ〟が別物ならば、我々が言語の異なる見知らぬ民族と、またイルカや象と、牛や馬と、植物とさえ、どうして感情を共有できるだろう?

「心安らぐ音楽を花に聴かせると、色も形も美しく咲いて、香りも良くなるんですよ」

花栽培業者は、まるで自分の娘を自慢するように語るのである。

人形店の息子、中学生のトオル君は、休日一人でずーっと花を見ている。彼の父親は家にほとんど帰ってこない。

「僕、花をどんなに長く見ていても絶対飽きないんです。どんな花でも絶対飽きない!」

彼の魂は、花とずーっと交信しているようだった。

もし宇宙創生の謎、その最高原理を〝カミ〟と呼ぶなら、それは我々の中にも息づいている。私はそう信じている。我々の魂の核。そこに一切が隠されていると。

タケル、人は世界と対立する〝我〟を脱ぎ捨てる時、初めてこの世界の扉の奥へ入っていけるのではないかしら。間違いだらけの私だからこそ、そう言わせてほしい。

エゴは武装し、世界と戦う剣である。私も時には剣を抜く（！）。でも、我々が真に幸せを感じ、人生に創造の歓びを見出すのは剣を投げ捨て、武装を解いた時なのである。あなただってそうでしょう？　我々が自分以外の者を受け入れ、愛を回復するには、エゴを武装解除するしかない！

存在のすべてが聖なる光を放っていた！　夜行列車の通路に眠る人々の身に煌めいていた光を、私は今も疑うことはできない。

自身を、人間を、命あるものを、貶めることを止めよ！

燦然と光を放つものは、私にそう語っていた。

・・

人間存在の聖性？　あなたはそれを今、信じられる？　それとも、たわ言に聞こえる？

こんなことを書いている今もベトナム戦争は続いている。神を恐れぬ権力の非道ぶりを見れば、文明など空しい！　でもこの話はやめましょう。時限爆弾になりそう…。

タケル、今（赤子と子供を除いて）悪と犯罪行為から無罪放免にしてもらえる人間がどれだけいる？　大地はまるく、つながっている。あの蒼空も！

我々もまた例外なく、否応なく、悪と犯罪行為の末端につながっているんです。

カトマンズの夜

　ネパールでの日々は穏やかに過ぎていった。カトマンズに滞在中、私が身の危険を感じたことは一度もない。ある日、山道を上っていくと、向こうからネパール人の中年男がやってきた。男は声をかけてきた。

「おねえさん、日本人？」

「そうです」

「僕と遊ばない？」

「いいえ」

「おねえさん、独身？」

「ハイ。でも、婚約者が居ます」

「居たっていいじゃない。日本ははるか彼方さ。彼にわかるわけないでしょ」

　男は片手を目の上にかざしながら首を伸ばし、遠い日本を眺めやる仕草をしてみせた。どことなくユーモラスな感じである。

「ジャパニーズガールは、そういうことは絶対にしません」

私は言ってやった。すると、この言葉が思いの他効いたらしい。男は急にニヤニヤ笑いをやめ、兵隊みたいな姿勢を取ると、片手を差し出して私に握手を求めてきた。

「すみませんでした」

男はしおらしく謝り、私は彼と握手して別れた。インドでは考えられない反応である。

ある晩、私は鶴田君と一緒にカトマンズの夜の街を歩いていた。微かな明かりの下、人影の見えるあずまやの方へと私達は近づいていった。私は実はこの地で知り合ったあるドイツ人にこの場所を教えてもらったのである。彼はたぶん今夜あたりそこに来ているはずだった。彼は仕事のために故国を離れ、この地の企業で仕事をしていた。

ネパール音楽が流れ、三人のネパール人の演奏者達が楽器を弾いていた。屋根と柱に、申し訳程度の腰板を打ちつけて囲っただけの空間である。板壁際の低い床には三人のネパール人が座り、通路を挟んだ高い位置の床板にはヒッピー達が座って楽の音に聴き入っていた。

彼はその一番奥の片隅に座っていた。鶴田君と私は彼の近くまで寄り、板の上に並んで腰かけた。私は彼に声はかけなかった。ネパール人達の演奏や、あずまやの中の沈黙をわずかでも妨げたくなかった。外は街灯も無い闇で、寺院の屋根の四隅に吊された鈍い明かりが、寺の壁面とその周囲をぼんやりと照らしているだけである。私達はじっと演奏に聴き入った。

Ｋは、車社会にどっぷりつかって暮らす同胞達をひそかに嫌悪しているところがあった。日々、ハンドルを握り、車体サイズの世界を往復している彼らの偏狭な世界を。「車をぶっ壊したい」彼は言った。

「連中はいつもジャガイモを食ってるから、頭もイモなんだ」

彼の嫌悪感の矛先は、彼らの好むピンク色にまで向けられた。

「おまけにピンクがお好きと来た！　ピンク！　ピンクのシャツだぜ！　…」

やりきれないと言わんばかりに。

私はＫの言葉をたいてい笑って聞き流していた。彼には自分の思いに共感してくれる相手が必要だった。いずこも、同胞の欠点は熟知しているだけに我慢ならないものだし、そうなると長所の方は遠方に追いやって目をくれたがらないものである。

「でも…ドイツには素晴らしい芸術家がいっぱいいるでしょ？　ヘンデル、バッハから始まってベートーベン、モーツァルト、シューベルト、ブラー…」

と、私が現代をすっ飛ばして歴史事項目名を並べ出すや、

「それ、大昔の話じゃないか！」と一蹴された。

自慢ではないけど、私はドイツのことは殆ど何も知らない。ナチスと戦時中のことくらいしか。つまり学校の教科書の内容に毛の生えた程度である。それで、彼が〝現在生存中の〟シュトックハウゼンの名を出した時はホッとして、知っていてよかったと思った。Kには来日経験があった。

「日本は十年遅れている」　彼は断言した。

（そうですか…。威張らないでね）私は思った。そもそもこの世に早々と公害の毒を持ち込んだのは欧米社会の人間である。

日本人は、アジアで真っ先に西欧の背中を追って走り出した。アレを作れ！　追いつき追い越せ！　…何かを追う時は皆、単眼動物になる。トンボみたいに複眼で突っ走るなんてムリ。何かが犠牲にされていく。時差で公害も遅れてやって来たのよ。

私は自分より年長の兄貴分の言葉を黙って聞いていた。こうした話をするには、もっと沢山の語彙の援軍が必要で、私の英語力ではカバーできなかったし、彼の日本滞在時の観察が限られたものであっても、間違ってはいないと感じていた。

知り合ってまもない相手……私は互いの感情を害しかねない話題については、口に出さなかった。何より異国で共に過ごす時間には、そうした話よりもっと内密で切実なものが含まれている。異邦人には自分以外の体温が必要である。

Kは三十二歳で、アジアの各地に滞在経験があり、妻を本国に残しての赴任だった。

「淋しくなると、男は歩くものなんだ」

夜更けの通りを歩きながら彼はそう言い、フッと自嘲するように笑った。私は「朝まで一緒に歩いてみないか?」と誘われたが、断った。ほとんど真っ暗闇の夜の首都、カトマンズ。

初めて会った日、彼は「自分は妻を愛している」と言わずもがなの自己紹介をした後、交通事故で片耳の聴力を失い、その後音楽をよく聴くようになった経緯を語った。自分という人間をよく知ってもらう為の必要な情報を、実に簡潔に率直に話す人物で、私はわずかな時間の中で、彼の現在置かれている状況がよく理解できたのである。

彼の年齢を思えば当然かも知れない。片や、私の方は自分に関しては、名前と年齢以外ほとんど何も明かさなかった。それも聞かれたから答えたまでである。私は旅行者であって、一過性の時間を共有しているに過ぎない。滞在期間も決めていないから、ここに飽きたら移動してしまう。


その夜、思いがけなく私達のいるあずまやに突然、一頭の牛がのっそり入ってきたのである。一体どこからやって来たのだろう？　近辺の人家の中庭に飼われている牛なのか。音楽を聴きつけ、遠くから歩いてきたのだろうか？　彼も寝つけなかったのかも知れない。カトマンズの夜は実に淋しい。星以外は、すべてが眠りについてしまう。

牛は悠然とゆっくりゆっくりあずまやの中を歩み、狭い通路の先の夜の闇に消えて行った。誰も牛には目をくれず、牛の方も人間には目をくれなかった。

背後からKが私の肩をつついた。

「牛を見ていたのは、君と僕の二人だけだったよ」

彼はまるで大事な内緒ごとでも言うように私の耳元で言い、微笑んだ。私は何も言わず頷いた。

「君の唇が好きなんだ」

彼は続けて言ったが、私は知らん顔をしていた。鶴田君に聞こえたかも知れない、というか、聞こえてしまったと思う。

ここにいる誰もが淋しい。私はそう感じていた。どこかに消えた牛も。それぞれの事情で故国を離れ、夜になると人恋しくなってここにやって来る。ネパール人達は民族楽器ダムルーを低く打ち鳴らし、サーランギの弦をひたすら弾き続け、異邦人達は両膝を抱え身じろぎもせず己の中に沈潜していた。私の背後の男も…。

私は、その時の彼らの夜の淋しさと安らぎに包まれたミニコンサートを懐かしく思い出す。そしてネパール人達の寛大さを。

ワゴンに乗って

パキスタンの熱風と土埃にまみれながら、私はボロのワゴンに乗ってアフガニスタンに向かっていた。リシケシで知り合ったフィンランド人の若者三人とフランス人のマリー、私の五人だった。ワゴンは片側の側面ドアが無く、大きく口を開けたままである。嫌でも人の目を引いた。

リシケシの川べりで野宿していた彼らの一人、長髪のオンニが、ある日川べりを散歩中の私に近づいてきた。オンニは痩せて顔色が悪く、頭のてっぺんから爪先までまるで色気がなかった。彼の長髪は長い間櫛を入れたことがないみたいに縺れていた。

「僕らの車で一緒にアフガニスタンのカブールまで行かないか？　ガソリン代は〇〇〇ルピー。鉄道で行くより安いよ」

と彼は持ちかけてきた。アフガニスタンは私の予定には全く入ってなかったが、声をかけられて気が動いた。私は少し考えた後、言った。

「一人分の料金で、他に誰か女性を連れてきていい？」

「ああ、いいよ」

　というわけで商談成立である。

　オンニは若いはずなのにしなびた野菜のように生気がなく、無表情で腰布一枚の恰好だったが、旅の道連れとしては安全そうである。その後、宿に戻ると私は同宿のマリーに、〝無料で〟アフガニスタンまで移動できるから一緒にどうかと誘った。


　マリーは見るからに年季の入った放浪者だった。日に晒された皮膚がすっかり焼けて、オンニをはるかに上回るほどくたびれた顔をしていた。歳が一番年長者で三十歳だから当然にしても、四十歳に見えた。着ているインド綿のブラウスとスカートのくたびれ方もオンニとどっこい勝負で、彼らに交じると最初から一緒だったように映る。

　男三人は運転席側に座り、女二人は後部席である。ドアが無いのでマリーと私は、仕切り代わりに張ったロープにつかまりながら街を存分に見物できたのだが、土埃ももろにかぶったのである。

　私はマリーと親しいわけでは全くなく、女性の同行者が必要だったので声をかけたまでである。だが、いざ出発すると、石のように黙りこくっているこの陰気なフランス女にほとほと閉口したのである。親しくもない日本人女と話す事などないと思っているにしても、この固いダンマリの長さは度を越していた。

やがて日が落ち、パキスタンの土埃に煙ったような宵の赤い月が私の霞んだ近眼に美しく映ったのである。沈黙に飽き飽きして、とうとう私は口を開いた。

「見て、きれいな月ね」

私はフランスの石女に声をかけた。すると彼女はちらと月を見た後、片眉をぐっとつり上げ、物凄いしかめっ面で私を睨みつけたのである！　私は慌てた。気が触れているのか？　日本人女性なら、こんな顔をするのは余程でないと難しい。

「私は『月がきれいね』と言っただけよ」

私は言いわけするように念のために言った。すると、女は再びちらと月を見上げ、又しても猛烈なしかめっ面！　気が狂っている…私は恐ろしくなった。

「バーカ、あれは月じゃない、太陽だ！」

運転席の方から誰かの声が聞こえた。「え？」私は月を見た。あら。…夕日だった。

「あらま！」

私はさすがに恥ずかしくなって口に片手を当て、照れ笑いした。どうりで月にしては位置が低いと思った！　石女は両手で顔を覆うと、体を二つに折って笑い出した。

変えないでよ）

だいたい、リアクションが大きすぎるのである。（月と太陽を間違えたくらいで形相

彼女は、私を頭のオカシイ女だと思ったらしい。互いに〝誤解〟が一旦解けると、後は何のことはなかった。その後私は、バーミアンに出かけた期間は別として、アフガニスタンを去る直前までカブールの宿で彼女と一緒だったのである。

マリーはメキシコに滞在中、全財産を入れた荷を盗まれ、文字通り一文無しになったのだが、それでも「メキシコは素晴らしい」と言った。本国に戻る気は無いらしい。「どうやって旅を続けられたの？」と聞くと、旅先で購入した工芸品を、本国の友人に売ってもらい、その代金を旅費に当てているという。彼女は以前は陶芸家だった。心細い限りだが、それでもクニに帰ろうとしない彼女の先行きが、他人事ながら思いやられた。

「二十歳の頃は一人旅が好きだったの。でも今は一人は淋しくて耐えられない」と言う。パスポートに貼られた二十歳のマリーの顔写真は、輝くばかり美しかった。マリーの心は半分壊れかけているように思えた。

三人の若者のうちの一人、ミカエルは〝野生児〟のせいか、単に旅費節約の為なの

か、野外泊希望だった。文無しマリーも同じ希望なので、ホテル希望の他の二人ともめ始めた。しばらくすると、

「よし、それじゃ多数決だ。ナナコに聞いてみようぜ」という声が聞こえ、アーロンがやって来た。彼はオンニとは対照的にジョージ・ハリスンに似たイケメンである。彼は折り目正しく私に聞いた。

「ナナコ、僕らはホテルに泊まりたいんですよ。君はホテルと野外泊のどちらがいいですか？」

すると、小柄なミカエルがすかさず寄ってきて、

「ナナコ、僕はホテルが大嫌いなんだよ」

と訴えるように同意を求めてきた。

「私は…シャワーを浴びたいんだけど」

マリーの方を見ないで私は答えた。

「シャワー？　…それじゃホテルだ！」

アーロンは振り返り、他の三人に宣言した。その時はホテル希望が勝ち組だったが、その後私は負け組に合わせて野外泊を一回、車内泊を二回したのである。野外泊は、最高に寝心地が悪かった。地面のベッドは、思いの他硬かったからである。

ミカエルは他の二人とは別の事でも何かと対立しがちで、頭に血が上りやすい性格だったが、人なつっこくて憎めないところがあった。喧嘩が起きると彼は顔が真っ蒼になった。

「とっとと失せやがれ、クソ野郎（shit!）」

彼は歌舞伎役者みたいに派手な仕草でアーロンを罵った。マリーと私に聞かせたいのか、喧嘩なのに英語である。一旦、行きかけたアーロンはパッと向き直った。

「なにー?!　□□□□□□□□□□□□□□!」

と返しながらミカエルに詰め寄っていく。フィンランド語らしい。こちらは顔がみるみる紅潮していく。すると後ろからオンニが「よせ、よせ」と彼の肩を押さえ、二人を引き離し、アーロンを別の場所に連れ出して行く、という具合である。

「何だってあんな言い方するのよ。誰だって怒るわよ」

年長のマリーが小声でミカエルをたしなめる声が聞こえた。ミカエルは蒼い顔でうつむいていた。彼は特にアーロンが気に食わないらしい。彼が多数決を言い出して、私を味方につけたことも気に入らなかったようだ。

オンニは一見クールで隠者風だが、三人の中で一番食い意地が張っていて、見張っていないと他の人の分まで食べてしまう。買い物を頼むと、つり銭がかなりあっても戻ってこない。聞かれると手を広げ、「無い」と答えた。

彼は答えるのが面倒な質問やどうでもいい質問には「アイ　ドン　ノウ」と言った。

「あら、オンニ、どうしてまた髪を切っちゃうのよ?!」

朝、マリーが部屋に入ってくるなり、一大事であるかのように彼に聞いている。アーロンが床屋をやっていた。

「アイ　ドン　ノウ」

彼はもったいぶって答える。しばらくしてまたそこを通りかかると、オンニの髪は耳の下辺りでカットされ、〝若返って〟見えた。隠者から若者に近づいた感じである。

私は〝前よりかわいくなった〟彼の正面に回り、まじめくさってマリーと同じ質問をしてみた。

「オンニ、どうして髪を切る気になったの?」

「アイ　ドン　ノウ。…今朝から皆がなぜ、なぜって同じ事を聞くんだ。だけど…」

彼はイヤイヤをするように両手をヒラヒラさせながら迷惑そうに言い、言葉を切った。

「アイ　ドン　ノウ」

初めて彼らと喫茶店に入った時、オンニとアーロンの二人がふいにフィンランド語で喋り出した。私がフィンランド語の会話を聞いたのは初めてである。何とも珍しく、不思議な感じのイントネーションとリズム感があり、目の前できれぎれの聞きなれない歌を聞かされている感じである。

久しぶりに涼しく快適な喫茶店に入って、リラックスしたせいか。この時は彼らと私の四人だった。母国語は彼らの心をいつになく開放し、本来のペースに戻してくれたようだ。二人共、普段はあんなに無口なのに。

私は、初めは黙ってこの全く未知の奇妙に聞こえる言語が飛び交う様子を聞いていたのだが、突然、笑いがこみ上げてきたのである。アーロンは私の目の前に座っている。笑うのはまずいと思ったが、どうしようもない。

「あなたの国の言葉って、私にはとても不思議な響きに聞こえるのよ」

私はやむなく隣のミカエルに言い訳した。

「そうなんだ。みんな、僕達が喋ってると、まるで小鳥が囀ってるみたいだって言うんだよ」

ミカエルは無邪気な声で言う。人も言葉の環境が変わると、植物のように色形が変わってくる。顔つきも声も微妙に変わってくる。母国語は彼らの荷を解くホームなのだ。


ある日、オンニが外れたワゴンのドアをトランクから両手で運び出そうとしていた時である。手がすべったらしい。重い鋼板は、運悪く傍に立っていたミカエルの片足の甲を直撃した。あっと思うやミカエルは呻き声を上げ、足の甲を両の手で強く押さえて地面に屈みこんだ。と、次の瞬間、何と彼はピョンピョン片足跳びを始めたのである。激痛に顔を歪めながら膝を折り曲げ、鋼板に直撃された部分を両手で摑んでいる。痛みを紛らせているらしい。悪くすると骨折しかねない状況だった。

「アイ　アム　ソーリー」

その様子をちらと見てオンニは言い、そのままドアと一緒に行ってしまった。ミカエルは顔を歪めたまま片足跳びを続けている。

この様子を見て私は呆れる一方、初めてミカエルがかわいそうに思えたのである。

オンニの奴、と思った。ドアを一旦置いて、ミカエルを気遣うべきなのに。こんな風に扱われているミカエルと他二人との日頃の関係が表れているようにも思えたが、これはもしかすると、私の思い過ごしかも知れない。

彼らが何を考えているのか、私にはさっぱりわからなかった。これは相手がフィンランド人だからではない。話をしない限りはわからない。私の感じたところでは、彼らは〝乾いている〟連中だった。ほとんどの事柄がどうってことはないのである。誰も骨折せず、有り金も盗まれず、殺されもしてない。やがて三十分もしないうちに、この鋼板ドア落下事件は忘れられているのである。

ボロワゴンでの移動には、もちろん〝普通車〟に乗った旅ではあり得ないようなハプニングがついて回ったが、日を重ねるうちに私は彼らの荒っぽい旅のやり方に慣れていった。ただ、私は冷たい清潔な水に飢えていた。そうだ、そうでなければ、あんなバカなことはやらなかっただろう。

・・・・・・・・・・・・・・・・・・・・・・・

「おーい、見ろよ、川だ！　川だ！　イエーイ、やったぜ！」

車のフロント側から声が上がった。全員が興奮し、車を止めるや服を脱ぎ捨て外へ飛び出して行った。インダスの支流は澄んで〝清らかに〟見えた。バシャバシャと水浴びするうち、そそっかしい私はつい一口飲んでしまった。バカな私。致命的な一口……。

旅仲間と

カブールに到着後、私は当地で出会った日本人の八木君、ダイスケ達と共にバーミアンに向かったが、やがて猛烈な腹痛と下痢に襲われ、脱水症状を起こし始めた。しまいに舌が収縮し喉を塞いで窒息しかける有様である。首都カブールを遠く離れ、雇ったタクシーの運転手は街に戻ってしまい、一週間後でないと迎えに来ない。医師もいない地方で待つうち症状は悪化していった。

カブール近郊の病院でただ一人の日本人S医師はやたら怒って、私に日本にすぐ帰れと言う。

「皆、飛行機代の元を取ろうなんて浅はかな考えで居残るからこういうことになる。そういうバカなことをやってるから、こういうことになる。命を落として何になるっていうんだ！」

彼は意識も朦朧とした私の枕元でガミガミ言った。

（お説教は止してくださいよ。私はそんなことを思ってたわけじゃないんです）

点滴の針を刺して医師が去ってくれると、入れ替わりにアフガニスタン人の男がやって来て、私に日本について矢継ぎ早に質問してくる。意識は朦朧としていても耳はよく聞こえる。

（もう、うるさいの。あたしは今、死にそうなの）

私は口がきけなくなっていた。もう眠らせてほしい。死ぬ時って、きっとこうなんだ、悪くないと思った。そのうち意識が途切れ眠ってしまったようである。

点滴後、即入院で病室に連れて行かれた時、入り口に書かれた『伝染病棟』の綴りが目に入った。私はこの単語を覚えていた。足が止まり、ご冗談でしょう?と思った。

病室には五人の男性患者がベッドに座っていて、一斉に私を見た。一つとして、正常な状態の顔がなかった。目が白濁したり、顔や手の皮膚が被ばくしたようにケロイド状に変色したり、皮がむけていたり、とにかくひどい。墓場の一歩手前に来た感じである。こんな所に収容されるなんて。

男達は一様に私をジーッと見ていた。日本人の女が珍しいのだろう。ベッドの置き方は日本の病室とは異なり、壁に沿って側面をつけるようにして置かれ、部屋の中央の空間が空いていた。私のベッドは入り口際で、浴衣地のような寝間着を渡された。ここで男達の前で着替えろと言うの？

（逃げよう）私は思った。

寝間着を持つと、私は着替えるふりをしながら病室を出てドアを閉めた。廊下には幸い誰もいない。病院の正門とは逆方向の裏の出口が見えたので、私はその出口に向かってそっと歩き出した。途中で寝間着を廊下に捨て、後は一気に駆けて外へ飛び出した。点滴を受けた後で、一時的に力を取り戻していたのだ。

ちょうどいいタイミングで、正門の傍にエンジンのかかった一台のトラックが止まっていた。私は走った。運転席には若い男が座っていた。その時、後方から喚き声が聞こえ、振り返ると六人の男達が走りながら私を追いかけてくるのが見えた。私はトラックの運転席の窓に駆け寄り、男に精いっぱいの笑顔を向けた。

「こんにちは。カプールに行く？」

「うん、行くよ」

「乗せてくれない？」

「いいよ」

「ありがとう！」

男達はすぐ背後に迫っていたが、私はトラックのフロントの方へ逃げて助手席側に走り込み、助手席に這い上がった。男達が運転席側の窓に飛びついたのと同時だった。彼らはドアをガタガタ揺すぶり叩きながら、喚いている。その女は患者だ。逃げ出したんだ。すぐ降ろせと言ってるらしい。

「Ｇｏ！」

私は運転手に促した。彼は男達の手を窓枠から外そうとしたが、敵はしがみついて離れない。すると彼はうるさいとばかり拳骨で男達の頭を真上からガンガン殴り出した。かなり荒っぽい。それでも窓枠に掛かった数本の手は、タコの吸盤みたいに貼りついている。

彼らは概して上からの命令には絶対服従で、融通がまったくきかず、逆上したように興奮して喚く点では、病院もレストランも宿泊施設の従業員も共通していた。

「Ｇｏ！」

私は運転手の膝を軽く叩いて再び促した。彼はアクセルを踏んだ。トラックは走り出し、男達は振り落とされていった。

「どうしたんだよ!?」

私を見て、宿の仲間たちは驚いて言った。ついさっき病院まで私に付き添ってくれた木村君が帰ってきたと思ったら、一人では歩けなかった私が部屋に入ってきたからである。トラックは速かったのである。

「逃げてきたのよ。あんな所、いられないって！」

自分のベッドにへたりこみながら私は言った。もう帰国するしかない。私は観念した。点滴の効力は夕方までしかもたないだろう。八木君がとっておきの抗生物質を一錠くれたので、それを飲んだ。錠剤と一緒に水を少量口に含んで飲んだだけで、腹に激痛が走った。

「飛行機のリザーブをお願い」

私は力なく彼らに頼んだ。情けなかったが、翌々日の便の席が取れた。翌日、八木君は再び同じ錠剤を一錠くれた。それでもあと一日だけと思うと、宿で寝ているのも勿体なくて、私は彼らと一緒にカブール博物館に行った。旅仲間が私に腕を貸してくれて、それにすがってふらふらした病人歩きでついて行ったのである。

持つべきは旅仲間。特に木村君は私の看護師役で有難かった。

彼は私とダブルベッドで三日間一緒に寝たせいか、私に親切だった。旅仲間のうち四人がカプールに戻った時、宿はどこもいっぱいでシングルベッド二つに、ダブルベッド一つの部屋しか空いてなかったのだ。八木君達はジャンケンで勝った者がシングルにしようと提案した。私は猛反対した。木村君は前日会ったばかりの相手だし、残る二人のいずれも一緒に寝るなんてまっぴらゴメンの相手である。

「私は女性なんだから、当然シングルに優先されるべきでしょうが！」

「ダメダメ、不公平だね。こんな時だけ女を強調するなよな」と八木君。

「何言ってるの！　こんな時じゃなきゃ、いつ女を強調するのよ！」　私は怒鳴った。

「あんた達は友達同士なんだから一緒に寝たらいいじゃない！」

「ヤダ！　ヤダ！　俺、絶対、ダイスケとだけは寝たくない！」と八木君。

「何言ってやがる！　俺だっておまえとなんか寝たかねえや！」と嚙みつくダイスケ。

「…やっぱり、ジャンケンするしかないですね」と木村君。

結果、十六回目のジャンケンで私が負け、次に木村君が負けたのである。

八木君もダイスケもまだ七時だと言うのに、早々にベッドにもぐりこんでしまった。

「覚えてなさいよ」

私は、頭から毛布をかぶった二人を見下ろしながら脅し文句を落とした。

「どうもすみません」

と木村君が言う。ジャンケンで負けたからといって謝ることはないのだが。

「私、鼾をかくかもしれないからね」

私は横を向いてツンとして言った。

「あ、そんなこと、気にしないで下さい」
・・・・・・・・・・・・・・・・・・・・・・・・

病気になったとはいえ、私はこの国の高地の乾いた風や背の高い美しいポプラ並木が気に入っていた。そして地上に接近してくるように輝く星の大群に魅了されていた。星が際立って大きく明るいので、一斉に彼らに挨拶されているような気がしてくる。朝夕は気温が下がり、インドよりはるかに過ごしやすい。

バーミアンへと延々と続く荒野の土色も、地を走る小さな竜巻や羊の群れも、五千年前の世界がそっくり現れたかに見えた。赤茶色の山々の向こうから忽然とオアシスのように緑地帯が現れる。死者の居場所を示す慎ましい墓標なのか、わずか数十センチの高さの木切れが数本、風に傾きながら身を寄せ合うように立っているのが車窓から見えた。

荒野の向こうから大型の牧羊犬が一頭、車をめがけて疾走してくる。両耳が切り落とされたように短い。素晴らしい速さ！　車に乗った数人のヒッピー達とすれ違った。

この幹線道路はソ連が建設したという。私はこの国にこうした形でソ連の手が入っているとは全く知らなかった。これほどの舗装道路にかけた資金と労力、時間が、相当のものだったことは確かである。国外になぜこんなにも?と思った。標高二、三千メートル級の地。車から降りて歩き出すと、足が重く感じられた。

八木君とダイスケの二人は、運転席側で思いつく限りの日本のポップスを途切れることなく歌いまくっていた。私の方は後部席でゆったりくつろぎながら、彼らの歌をBGM代わりに聞き流し、外を眺め続けた。

二人はこれまで自分達で旅行グループのツアーを組み、参加者を募っては旅をしていた。ダイスケはいずれスリランカに居を定め、司法試験の受験勉強に専念する計画である。八木君はクニに彼女を残しての旅だった。

「ダイちゃん、俺、こんなに長く彼女と離れたの、今度が初めてだよ」

八木君は自分の誕生日に、ふと思い出したようにダイスケに言う。

「うん」

彼女のいないダイスケは返事する。兄貴分のダイスケは余分なことは言わない。


旅の途上の中継地点にあるチャイハナで、アフガン帽をかぶったタクシー運転手と私達は一緒に敷物の上に座って休憩を取った。

「彼氏、いい男だよな」ダイスケが言う。

「うん、くやしいけど、いい男だよね」と八木君が下を向いたまま頷く。誰のことかと思ったら、タクシーの若い運転手のことだった。私にはどこにでもいそうな街のお兄ちゃんにしか見えないのだが。


そういえば、カブールで出会ったフランス人のアンドレが言ってたっけ。

「年を取ったら、僕もあんな風な老人になりたいな」

と、通りすがりの老人を見て言ったのだ。長い立派な顎鬚と銃を肩に吊した老人がゆっくり歩いて行く。よく見かける老人の一人である。

「彼のどこがいいの？」

「だって、かっこいいじゃないか」

やせて背がひょろっとした金髪のアンドレは言う。銃と髭が男らしく映るらしい。


しかし、八木君たちが連れてきた通訳の青年は長身で、ハッとするような美男子だった。アラビアンナイトの世界に出てきそうである。彼はカブール大学で経済を学ぶ学生だったが、女性との接触が少ないせいか実にシャイで、私と話す時などまるで少年である。しかし、それがアダとなり、部屋の入り口でもじもじしているところをホテルの門衛に見咎められ、力ずくで外に追い出される結果になった。そこは外国人専用のホテルだったのだが、その事を彼も、招いた側の私達も知らなかったのである。

門衛は番犬である。その荒っぽさ、野蛮さはあきれるばかりである。番犬の最大の喜びと誇りは、棍棒で誰かを脅し、殴り、蹴り、痛めつけることなのだ。番犬は喋らない。番犬語で吠えまくるだけである。最悪である。老いた番犬が髭を伸ばし、銃を肩に吊して歩いたところで…（かっこいいだなんて。止してよ、アンドレ）

私達は店の男が出す甘い紅茶とシシカバブを時間をかけて味わいながら、眼下に広がる広大な原初の大地と山々を目で存分に味わうことができた。

時はまったく気づかないほどゆっくりと過ぎて行った。私は一面、赤茶けた山の連なりと、この時の大地の静けさをどう言っていいかわからない。動くものといえば、風とはるか彼方、ふいに現れた黒い鷲だけ。それもすぐ見えなくなった。ここに人間が辿りつき、暮らし、生きているとは。

八木君は店にいた男から銃の使い方を教わり、遠い山腹へ弾を放った。銃声は山々に吸い込まれていった。銃声を聞いても誰も振り向かない。右肩に衝撃が来て、八木君はすぐには興奮がさめない様子である。町で銃声を聞くことはむろんなかったけれど、銃は日常生活の至る所に見られ、カブールの店先では地べたに無造作に並べられていた。銃はこの国の歴史と切っても切れない関係にあるようだ。

この国について私は何も知らなかったが、男達と銃が支配する世界がどのようなものか、想像がつかなかったわけではない。バザールでは女達が頭からすっぽり被って全身を隠しているブルカが私の目を引いた。布格子の裏から彼女たちの両目がこちらを〝見ているらしい〟と思うだけである。そして母親の買い物が終わるのを待つ子供達の中に、私は三歳ほどの〝天使〟を見つけ、釘付けになった。男の子の頬は汚れ、裸足で、アイスクリームを手にしていた。

この子の描写などやめよう。私はこうした天上的な美貌を与えられた生命と、世界から見離されたような貧しさとの組み合わせが、神の最大の皮肉であるような気がした。一旦、伝染病にかかれば、病院も医者もいない寒村では幼児は死を待つしかない。

私は宿にいて、瀕死の幼女を抱えた父親に助けを求められた時、どうすることもできなかった。子供はぐったりと目を閉じ、ピクリともせず、顔に血の気がなかった。

「薬はありません。カブールの病院に行く他ありません」

私は英語に身振りを加えて伝えたが、この時ほど言葉が虚しかったことはない。カブールは、その農夫にとって天国に行くより遠かったからだ。

人の暮らしの懐かしさが胸に蘇ってくるのは、村での出来事である。宿の前の小広場にはスピーカーつきのポールが立っていて、午後ともなるとそこから歌が流れてくる。男の声で、何やら日本の東北地方の民謡を思わせる節回しである。不思議な気がした。時折、奇妙な悲鳴が上がる。何だろうと思ったらロバの声だと言う。何だってあんな声で鳴くのだろう？　この世の終わりといった鳴き方。誰かに叩かれているのだろうか？

「俺、ロバのあの声聞くと自殺したくなってくる」

八木君が珍しくこぼした。ダイスケも私も同感で言う言葉がない。もし今度生まれ変わる事があっても、ロバにはなりたくない。小さな体に目いっぱいの荷を背負わされて、あの鳴き方では。

そのくせ私は、このおとなしい動物がかわいくなり、背中に跨ってみたくなった。

「大丈夫よね？　私一人分くらい」

私はロバと八木君に聞いてから、そろりと這い上がった。相手はいかにも「いいよ」と言うようにじっとしていた。

乗り心地は恐ろしく悪かった。厚手の大きな麻袋が何枚も重ねられていたが、痩せたロバの背骨はごつごつし、両膝で両脇腹を締めつけていないと不安定極まりない。馬より格段に背が低く、発育が止まった〝馬もどき〟に乗った感じである。それでもロバがもし跳ねたり走ったりすると危ないので、「ロバを刺激しないでね」と言ったのに、八木君はわざわざ水を入れた甕を持ってきて「後ろからかけてみるか」と今にもかけそうな恰好で脅す。

「やめて！　やめてー！　……バカ！」

私は思わず叫んだ。ロバの方は首を下に落とし、声一つ上げない。人間の中にもこういう感じの人がいるものである。心配になってよく見るとロバはただ草を食べているのだった。何にも感じてない様子である。

明け方、人の気配にふと目を覚ますと、商人の一行が土間に眠っていた。彼らはまだ暗いうちに起きて祈りを済ませ、夜が明ける前に宿を出て行った。気温が上がる日中の移動は、体力を消耗するからだろう。宿には我々三人が寝ている三つのベッドしかない。宿の主が「眠っている間にモノを盗まれることがあるから気をつけるように」と言ったことを思い出したが、彼らがいつ入ってきたのか全く気づかなかった。

宿の主は八木君達が高山の蝶の収集に出かけてしまうと、近づいてきて、「タバコかハシシーを持ってないか」と聞く。「持ってない」と答えると、がっかりした様子である。吸いたくてたまらないらしい。

噂を聞きつけた村の男達が小広場のテーブルの周りに集まってきた。異種族が交じり合う村人達とは、言葉は通じなくとも安閑と向き合って平和なものである。中に色白で薄青い瞳の若者がいて（目を除けば、彼の顔立ちは東洋系だった）、簡単な英語が通じた。私に「十四歳か」と皆の質問を代弁して聞くので「そうよ」と答えた。〝十四歳〟は、大人の女性であることの目安らしいと思ったのだ。

私が彼の手首に嵌めた紅い数珠の美しさを褒めると、思いがけず彼はそれを外して私への贈り物にしてくれたのである。ところが、喜んでそれを受け取った瞬間、数珠は私の隣に座った老人にひったくられた。私は呆気に取られ皆の顔を見たが、皆じっとしていて何も言わない。ロバと同じ雰囲気である。

この行為はやっかみなのか？　ただのモノ欲しさ？　ケチンボ？　よくわからない。

この村でたった一人の学校教師が毎日宿にやって来て、一週間、私は彼に悩まされることになった。小皺の多い小さな顔は、以前何かの本で見た中国の宦官の顔を思い出させた。彼は仕事そっちのけで自分の不幸を毎日こぼしにくるのである。嘆く度に彼の八の字眉は、二本のレールのようにほぼ平行に近づいた。貧しくコネがないばっかりに、教師になるまでにどれほど苦労したことか!! それが彼の生涯を彩る物語だった。

「どれほど苦労したことか!!」

彼は身を捩るようにしてこの言葉を何度も何度もくり返した。私は同情した。初日は。コネがない限り、永遠に城にはたどり着けず、メッセージも届かないカフカの世界らしかった。〝悲嘆〟を粘土で型取ると、彼の顔が出来上がるだろう。

六十歳か、六十五歳に見えたが、四十歳なのかも知れない。私はこれほど愚痴っぽい男を見たことがない。あげくに村一番のインテリである自分と結婚しないかと言ってきたので即座に断り、学校へ引き取って貰った。が、彼は又翌日やって来て、再び嘆きの歌を歌い始めるのである!

それでも私が音楽を聴きたいと言うと、彼は学校の校舎に楽器を弾ける男達を集めてくれたので、私は〝病を押して〟彼の学校まで歩いて行ったのである。校舎の一室で、数人の男達が床に座って待っていた。彼らの演奏する素朴な民族音楽を聴きながら、私は一人の若者に笑顔を向けた。彼が時々私を見ながら一生懸命弓を弾いている様子が微笑ましかったからである。

「演奏止めーい！」

突如、悲嘆教師は叫んだ。

「どうして止めるんですか？　せっかく弾いているのに」

私は驚いて聞いた。

「こんな古くさい音楽は退屈だ！」

横暴教師は言い放った。

「退屈じゃないわ！　私はもっと聴きたいんです！」

言ってもムダだった。彼は頑として不機嫌の石になったのである。わずか十分足らずで演奏会は中止された。私が若者に笑顔を向けたのが気に障ったらしい。私は頭にきて、翌日、宿に来た彼を学校に追い返した。

妄想を絶たれた独身教師は、畑の中の一本道をのろのろと帰って行った。学校という墓場へ。仕方ない。


宿の近辺を散歩していると、畑を見下ろす岩陰に六人の女達が身を寄せ合って座っているのが見えた。私は彼らを驚かせないようにゆっくり近づいて行った。女性の姿を見るのは久しぶりである。

女達は私を見ると一斉に布で顔を隠したが、構わず私が傍らに腰を下ろすと、布を取り去った。

老いも若きも（中に十歳ほどの少女も交じっていた）石化したように動かなかった。虚空にじっと向けられた眼差し、聾唖を思わせる無言が続くこの一団は、息を止めてしまったかに見えた。生きる歓びを黄泉の国に渡してしまったとしか思えなかった。

彼女達の傍に十五分ほど座っていた間、誰一人ピクリとも動かず一語も発しなかった。もしかすると早朝からの農作業で疲れ切っていたのかも知れない。だが、彼女達の前には、茶道具一つ置かれていなかった。

翌朝、宿から外へ出ると、畑の方から男の子を連れた老女が歩いてくる。

「サラーム！」

しわがれ声で私に声をかけてくる。見ると、前日あの岩陰に座っていた老女だった。

「サラーム！」

私も挨拶を返し、近づいた彼女に自分の指輪を抜いて彼女に手渡した。出会った記念のつもりだった。すると彼女は籠の中からナンをひとかけらちぎって私にくれた。

カプールへの帰途、私達はバンデアミール湖畔に立ち寄り、湖水が寄せてくるホテルのテラスで茶を飲み、いっときを過ごした。一行は三人から五人に増えていた。

湖の周囲には、木一本なく、岩場に透き通る水の深まりはターキッシュブルーの幻夢となって静寂の中に横たわっていた。湖はこの国の荒涼たる厳しい自然と、そこに生きる者たちの苦難を潤し、鎮める天の計らいのように思えた。私はこの影ひとつない空色の神秘に魅せられ、飽かず見入った。湖は…あの岩陰の女達からあまりに遠かった。

帰国を後悔する気持ちが一瞬胸をよぎったのは、空港で四人の旅仲間に見送られ、手を振りながら飛行機に乗った後である。（おかしい）

離陸して十五分ほどして私はハッと気づいた。（治っている…）

空腹に耐えかね、恐る恐る機内食を食べたのである。七転八倒したところで、じき日本。構やしない。そう思ってサンドウイッチに手が伸びたのだが、何事も起きなかった。十日以上続いた激痛と下血が嘘みたいに止まっていた。点滴一回、二錠の抗生物質で体内の細菌が一気に殺されてしまったらしい。何かに騙された気がして、私は機内食を次々に食べてみた。痛くも痒くもない…』

花と金魚に

『お手紙、拝読。やっぱり、彼女、逃げたんですね。こんな言い方して悪いけど。語尾に「…」がついていたので、およその見当はついていました。

タケルのトラの子財産が幾らだったのか知りませんが、また頑張って稼げばいいじゃないですか。彼女だって翌日から生きていく分、経費がかかる。窓辺のガラス鉢に金魚一匹、花瓶に花三本…飾ってくれただけ彼女、優しいですよ。

それはともかく、タケルのステージをあのヌレエフが観に来たとは！　それだけでも大したものです！　彼は昔の彼にあらず。あなたはそう言うけれど、そうであっても！　私は彼のファンでした。

ついでながら、〝教祖〟の作品を撮った一枚の写真のこと。覚えているかしら？　食肉解体場の天井から吊された数頭の牛の骸の下、後ろ向きに座って床に伏せ、裸の背中を見せて並ぶ男達の写真。背筋の窪みに背骨が浮き出た彼らの背中が、肉塊になった牛に似ていなくもない、あの映像。

私はあれを見た時、彼の真髄に触れた気がしたのです。千の言葉より、私にとってはあの一枚の写真は衝撃だった。一瞬にして照らし出されたものがあった。

彼のパフォーマンスは、むろん斬新で意表を突くものだった。でも革新的とか伝統的とか、そんなことでもない。私は〝彼の〟痛みと悲しみ、怒りが、そこに、世界と一つに重なっているのを感じたのです。それは肉体を通してしか表し難いものだった。つまり舞踏なのだと。


タケル、あなたの自己愛は、あれに触れていない。他者に。痛みに。違う？　私はタケルの苦労を分担はしないけど、私だから言っても許されると思う。

他者どころじゃない？　生きるか死ぬか、ならば、……彼らが腰を抜かすほど踊って踊って踊り狂って、日本の赤鬼を見せつけてやったら？

きっと又、新しい助っ人が現れるって！　お元気で！　菜々子』

黄水仙ふたたびの春きみとわれ

「ボール箱に入ってるのは、捨てていいのね？」

娘、ハルの声が聞こえた。

「ああ、捨てていいわよ」

彼女は一枚の写真を持ってくる。

「これって、もしかして、お母さん？」

「うん…らしいわね」

「五十年前…うわー、私も気をつけなくちゃ」

菜々子の〝時〟はまだ打っている。〝時〟とは胸の鼓動そのもの…そう思うと菜々子はせつない。

O師も、教祖も、吉良も、ジュンも逝ってしまった。自分が川面を漂っているしぶとい笹舟みたいな気がしないでもない。

破壊された村や街の様子がテレビ画面に現れる。子供達の受難が次々と映し出される。だが、悲惨な映像を見せられても、それは遠い画像である。匂いがしない。寒さも感じない。兵器だけが一人勝ちの進化、進軍を続けているようだ。かと思えば、爆撃の火煙に合わせるように、乾いた森林に火の手が上がり、森林の頭を火の波が不気味に這っていく様子が映し出される。

「やまとまほろば」と詠まれたこの国も何度か地獄を見ている。が、菜々子が直接目にしたものはその中に一つもない。戦争の悲惨さを声を大にして訴えても、戦争は起こる。菜々子にわかるのは、そのことである。それと、人を殺せば取り返しはつかないということである。殺された側の者に憎悪と恨みが残り、報復の火種になるからである。新しい憎悪と報復の連鎖が始まる。

戦争はむろん〝爆弾〟と〝感情〟を抱えてやってくるが、その背中には欲得の背嚢を背負っているのが通常である。なぜ戦争になったのか？　当時、菜々子に本当のところを伝えようとする教師や大人はいなかった。大人が声をひそめて口にする話の断片から〝隠蔽〟を感じていた。

この国は勝ち目のない戦争に、勝つ目算も立たないまま踏み切った。軍部の倨傲にはゾッとするものがある。通算わずか数年間で三百万人以上の同胞を犠牲にした愚行！　誰も止められなかった。彼らは世間知らずで、時代錯誤なサムライを思わせる。

しかし当時死んでいった日本兵が、同時に残酷極まる侵略者であったことを訴える声は、国内ではほとんど聞かれない。アジアの近隣国を侵略し、日本兵の死者数をはるかに上回る他国民の命を奪ったことは…今更言っても、ということなのか。

テレビの声がＧＤＰが増えた減ったと、かしましい。菜々子は、おめでたい顔をしたそのお喋り男がカンに触ってくる。

（日本が経済最小国に転落したとしても、それがどうしたの?!　日本人はその気になればいくらでも取り戻せる。八十年前にこの国を破滅させたのは、井の中のトノサマガエルだったでしょうが！　怖いのは精神の鎖国、精神の栄養失調なんです!!）

「お母さん!!」 ハルの声が飛んできた。

「テレビとお母さんの声がうるさいんだけど。こんなに大きい音にしないと聞こえないの？ それとひとり言、やめてもらえる？ そっちの方が怖いよ」

「テレビ男に言ってたのよ。認知症ではない」

ハルは行ってしまった。


菜々子はテレビを消した。庭の片隅に身を寄せ合うように咲いている黄水仙を眺めた。菜々子は可憐なこの花が好きである。毎年決まってこの時期に地面から顔を出す。幼児のように身丈の低い彼らの生命は強い。風が吹くと一斉に頭を振り始める。めちゃくちゃに喜んでいる。踊っている。菜々子は思わず微笑んでしまう。


（東海林太郎は、なぜ両腕を体につけたまま歌ったと思う？）

教祖のかつての質問がふいと蘇ってくる。日本人は概してけなげである。何があろうと、彼らは親や妻子の為に〝我を殺し〟、耐え忍んだのである。心の翼でもある両腕をわが身にくくりつけ……歌手、東海林太郎は不動の姿勢で歌った。

軍部は彼らのけなげさを道具のように使い捨てにした。

気を取り直すようにボール箱の中からビデオを手に取り、菜々子はそのカバーに貼ったO師の写真コピーに見入った。O師のダンスの録画である。手に持つと、固い重みがわずかな温みを帯びてくるようだ。

（会いたい）菜々子は、それをケースから取り出した。

・・・・・・・・・・・・・・・・・・・・・・・・・・・・・・・・・

黒い影は海を前に佇んでいた。黄昏に〝永遠〟が佇むように。佇みつつ踊っている。足首は潮に浸っている。彼が足踏みして潮に戯れると、水は応えて小さく返事する。「アマポーラ」の曲が画面に入ってくる。メキシコの太陽に愛された甘美な果実を思わせるこの曲。

「アマポーラ、僕の愛しい雛罌粟よ

僕の愛　僕の命よ！…」

メキシコの青空とは打って変わって黒々と深まりゆく宵闇へと音楽は流れていく。黒の帽子に半ば隠れた白塗りの面、隈どられた夜の両目、黒いワンピースをまとった老骨が夜風に吹かれていた。魂が涙をこぼすように、夜陰に染み出す何かが彼を湿らせている。

アマポーラ！　消えようとしないその名！　岸に寄せる秘かな波の音がして、遠いベイブリッジの光が彼の胸に永遠の虹をかけてくれる。物狂おしい汽笛が遠く彼を呼ぶ。彼の一部であるその響きが、彼の内部にこだまして呻く。人生の最後に残るもの。愛と憧れ。

画面が変わり、彼はリストの曲を踊り始めた。飽き飽きするほど耳にしてきた曲なのに、決して飽きることのない「愛の夢」を。シンプルな黒服に白のシャツ。靴先が床上をすべって行く。この曲にこそふさわしい枯れた綿毛のような髪をそよがせ、枯れようもない初々しい憧れを胸に。まるでこの曲が彼のダンスの到来を長らく待ちわび、今初めて真の完成を見たかのように、彼の「愛の夢」は美しかった。

画像のO師は、当然ながら当時の彼より更に老い、背は屈まり痩せていたが、そのダンスは際立って美しく感じられた。

懐かしかった。限界を知らぬ彼の驚くべき精神は歳月を一気に跳び越え、なお溢れるものをその両の手から捧げようとしていた。目前の観客へ、そして彼の死者達へ。彼は樹齢千年の桜と化してその圧倒的な全容を現したのである。尽きず舞う花吹雪……を菜々子は想った。

「どうですか?」

二十歳の頃の菜々子にかけられたその言葉が耳元に蘇る。今もって、O師の存在は謎かけであった。踊り終わった彼の顔に、日が差すように微笑が浮かぶ。微笑は濡れていた。

先生…………

著者プロフィール

ナカムラ 道（なかむら どう）

早稲田大学文学部演劇科卒。舞踏家：大野一雄、舞踊家：邦正美に師事。
戸川昌子主宰「青い部屋」にてシャンソンを学んだ後、読売カルチュア シャンソン教室講師、ライブ活動他、シャンソン訳詞、作詞活動を行う。現在、シャンソン、ポップスグループ「セリーズの会」を主宰。CD「マスード わが愛」、「Willow」、「シャンソン訳詞コレクション1」
詩集「感傷ヘッドライト」（日本文学館）。与謝野晶子文学賞入賞、日本文学館ポエム特別賞、文芸社ポエム特別賞受賞等。

ブラックダンス

2025年4月15日　初版第1刷発行

著　者　ナカムラ 道
発行者　瓜谷 綱延
発行所　株式会社文芸社
〒160-0022　東京都新宿区新宿1－10－1
電話　03-5369-3060（代表）
03-5369-2299（販売）

印　刷　株式会社文芸社
製本所　株式会社MOTOMURA

ISBN978-4-286-26401-1